_천 개의 바늘_

천 개의 바늘

김녕희 장편소설

수필과비평사

| 작가의 말 |

  한 여자가 수틀을 가슴에 안고 빨간 실 바늘로 武運長久(무운장구) 無事歸還(무사귀환) 글자 중 딱 한 땀을 놓는다. 두 땀은 안 되는 엄한 규칙이었다. 또 다른 여자가 같은 방식으로 끝의 글자를 이어 한 바늘을 뜬다. 그렇게 천 명이 한 땀씩, 천 번의 수를 놓아 완성한 천인침 千人針을 일본인은 '센닌바리'라고 한다. 우리 역사 속, 식민植民시대 수많은 어머니와 딸이 이토록 피 맺힌 소망을 담아 징용 가는 남편과 아들들의 〈무운장구〉와 〈무사귀환〉을 빌었다.

  그때의 간곡한 어머니들의 눈물 기도인 양, 지금도 어디에선가 수많은 손길이 혈연의 생을 위한 천 번의 바늘로 천 개의 염원을 수놓고 있으리라. 그 사무친 손끝마다 천 개의 꽃송이가 빨갛게 피어나길 기원하며.

2025년 8월,
김녕희金寧姬

■ 차례

작가의 말

제1부 가비와 가즈오
    책가방 조사 …………………………………………… 16
    까치와 까마귀 ………………………………………… 35
    완장 찬 일본 헌병 …………………………………… 47

제2부 빨간 눈물과 바늘
    아버지에게 가는 길 ………………………………… 64
    체포 …………………………………………………… 75
    구니모토 센세이와 이별 …………………………… 84
    징용열차 ……………………………………………… 108

제3부 1945년 8월 15일

해방의 날 ··· 131
웃는 자와 우는 자 ······································ 139
신문사 아저씨 ·· 149
혼자 남은 에이코 ·· 169

제4부 오카상, 오카상

사과 도둑 ··· 197
마지막 이름 ·· 206

■ 작품단상

잔잔한 감동과 포용적이고 긍정적인 인간애
  홍성암(문학박사, 전 동덕여대 교수) ················· 215

제1부

가비와 가즈오

가비는 가즈오가 부르러 오자 미소지었다.
"가비야. 오늘도 공부하러 과수원 가니?"
"응. 동생이 시끄러워서 나는 과수원 원두막이 좋아. 너는 방학 숙제 다 해서 좋겠지만, 나는 아직 많이 남았어."
가즈오가 말없이 가비의 손을 잡으며 말하였다.
"엄마가 고만 말라리아에 걸려서 어저께 건강병원에 입원했다, 그래서 나는 지금 엄마한테 가는 거야."
"우리 엄마는 아기가 아파서 건강병원에 간다고 했는데."

"그럼, 우리 엄마들이 만날지 모른다. 그렇지…?"

가비는 가즈오가 잡은 손을 빼면서 응. 하였다. 그러자 가즈오는 가비가 뺀 손을 다시 잡고 걷는다. 사거리 건강병원 앞에 오자 가즈오가 말하였다.

"가비야. 공부 많이 하고 와. 나는 병원에서 엄마를 보살펴야 하니까. 엄마가 퇴원하면, 너 부르러 갈게."

가즈오가 잡고 있던 손을 빼고 가비는 고개를 끄덕이었다. 다정한 가즈오는 손을 저으며 건강병원으로 들어갔다. 가비는 걸음을 빨리하였다. 아버지 생각에 가비는 눈물이 날 것 같은 우울한 기분에 잠기었다. 비가 온 어저께 밤. 아버지는 가마니 위에 깐 요가 얼마나 습기 차고 눅눅했을까. 속상한 가비는 뛰기 시작하였다.

폐결핵이 재발해서 일본 유학에서 중간에 귀국한 아버지가 도대체 언제까지 숨어 있어야 하는 건지…? 아무 잘못 없는 아버지가 왜 숨어서 식은 밥을 먹어야 하는 건지…? 가비는 화나고 속상해서 뛰는 속도를 빨리하였다. 우리 아버지는 여기 우리나라 조선 사람이다. 그런 우리 아버지를 일본 전쟁터로 보내려고 눈 부릅뜨고 찾아다니는 그 일본 순사를 오늘은 제발 만나지 않기를 바라며 주위를 둘러보았다. 무슨 생각으로 그는 그토록 옳지 않은 일에 온 힘을 쏟으며 쫓아다니는 걸까. 도무지 가비는 싫고 알 수가 없다.

자기의 두 형보다 머리가 우둔하여서 공부를 잘하지 못한 탓일까. 가비는 도둑고양이처럼 주위를 살피며 발걸음을 빨리하였다. 숨을 고르면서 하늘을 올려보았다. 역시 B29가 까마득한 하늘에 떠 있었다. 거북이가 엉금엉금 기어가는 것처럼 느릿느릿 가고 있었다. 우리 반 구니모토 선생님도 어디로 가는 비행기인지 모른다고 했다. 굉장히 무거운 짐을 실은 큰 비행기일 것 같다는 말 밖에는.

가비는 주위를 살피면서 더 빨리 걷는다. 조헤이(징용)를 피하기 위해 산굴에 숨은 아버지께 밥을 빨리 드려야 하는데 늦었다. 번화한 온천 앞이었다. 다른 때와 달리 오늘은 사람들이 별로 많지 않아 보였다. 유황온천으로 유명한 온천 앞에는 항상 각지에서 온 피부병 환자들이 붐비었으나, 오늘은 온천 앞의 연못도 한가해 보인다. 가비는 잠깐 금붕어들이 노는 행복한 연못을 신기한 눈으로 보고 재빨리 돌아섰다. 그때, 갑자기 귀청을 때리는 소리가 돌팔매처럼 뒤통수를 때렸다.

"너, 어딜 그렇게 빨리 가는 거냐…?"

'어머나…?'

만날까 봐 조마조마하던 그 일본 순사였다. 그가 가비 앞으로 와서 떡 버티고 섰다.

"우리 과수원에 가요!"

"너 혼자서? 너의 엄마는 어디 갔니…?"

"우리 엄마는 아기가 아파서 건강병원 갔어요."

그는 일본 순사 중에서도 제일 지독한 일본 순사로 알려진 이시가와 순사였다. 조선 사람 사냥꾼 놈이라고 어른들이 욕하고 싫어하는데, 더 화가 나는 것은 이 나쁜 일본 순사가 가즈오의 삼촌인 것이다. '아버지와 노란 개나리꽃 피는 봄과 빨갛게 물든 단풍나무들이 화려한 설봉산엘 아무 때나 마음대로 가는 날은 올까. 언제…? 정말 우리 조선에 일본 순사가 없는 날은 언제일까. 정녕 그날은 올까…?'

그날은 일본인이 다 자기네 나라로 가는 날이 하루속히 와야 한다는 것을 가비는 알고 있었다. 미국이 빨리 전쟁에 이겨야만 한다는 것을. 태평양 전쟁을 일으킨 일본에 대해서 자세히 공부했기 때문에 가비는 알고 있었다. 왜소한 일본 순사 이시가와는 무슨 생각을 하는지, 다른 때와 달리 말없이 가비 앞에 버티고 서 있다.

점점 가슴이 오그라드는 가비는 겁이 나서 어떻게 해야 할지, 진정이 되지 않는 마음이 떨릴 따름이었다. 엄마 없이 혼자 마주친 가비는 불안하고 두려운 나머지 손톱으로 자기 옆구리를 계속 꼬집었다. 조선 사람 징병 담당자인 이시가와 순사는 겁에 질린 사냥꾼 앞의 꿩 같이 오그라들어 있는 가비를 뚫어져라 노려보고 있었다. 계속 말없이 서 있기만 하니까 송곳으로 찌르는 것같이 더 가슴이 떨렸다.

책가방 조사

 눈을 살쾡이같이 무섭게 뜬 순사가 갑자기 소리를 질렀다.
 "빨리 네 책가방을 열어봐라. 빨리빨리. 나는 바쁘다."
 가방 속은 다른 날과 같다. 공부할 여름방학 책과 공책, 필통이 다였다. 그에게 붙잡혀서 조사당하게 될 때를 대비해서 방학 숙제 할 것들이 다였다. 그 밖의 것은 수건이랑 벤또(도시락) 이외 것을 넣지 않았다. 가비가 처음 엄마하고 같이 조사당하던 날. 엄마는 가비가 옆에 있어도 계속 입술을 떨었다. 하지만 지금 가비는 엄마 없이 혼자 붙들렸기 때문에 아무것도 숨긴 것이 없어도 몸이 떨리었다. 등에 메고 있던 책가방 속의 든 것을 모두 땅에 꺼내놓았다. 문제는 벤또(도시락)였다.

"이건 뭐지…?"

"공부하고 내가 먹을 점심밥이에요. 엄마하고 갈 때 보여 줬는데요?"

"넌, 소학생 여자아이가 대식가냐…? 벤또가 어른 것으로 아주 크구나…?"

가비는 대답하지 않았다. '대식가든 소식가든 자기가 무슨 참견이란 말인가…?'

"그런데 너의 엄마는 어디 가고 오늘은 왜 과수원에 너 혼자 가는 거냐…?"

일본 순사는 가방 속의 벤도(도시락)는 공부하고 점심때 가비가 먹을 점심밥이라는 것을 지난번 엄마하고 조사당하던 날, 들어서 알고 있으면서 무슨 심보인지 또 묻는 것이었다. 기억력이 너무 나쁜 일본 경찰을 뽑은 것은 일본이 일으킨 태평양 전쟁의 힘이 기울고 있다는 것을 알 수가 있다고 아버지가 설명해 준 적이 있다.

"엄마는 아기가 아파서 건강병원 갔다고 말했는데요?"

아까 한 말을 반복하였다. 사거리 건강병원은 이시가와 순사의 둘째 형이 원장인 병원이었다. 그의 큰형은 가즈오와 가비가 다니는 소학교의 야마다 교장이었다. 그들 삼형제는 식민지 조선의 교통을 위한 기차와 우편 행정을 위하여 파견된 후손들이라고 했다. 가비에게는 멀고 먼 옛날인 1900년대 초의 이야기였다.

"나, 가도 되죠?"

심호흡을 하고 가비는 용기를 내어 말하였다. 그러자 일본 순사는 가비의 질문을 무시한 채 자전거를 타고 쏜살같이 가버렸다. 불 끄러 가는 소방수처럼.

'못생긴 땅딸보 일본 순사.'

가비는 엄마가 하는 욕을 하였다. 욕을 해주니까 기분이 조금은 시원한 느낌이 들었다.

지난번, 처음 엄마하고 취조당했을 때처럼 크게 당하지 않고 놓여난 가비는 저절로 발걸음이 빨라졌다. 집 나올 때, 아픈 아기 때문에 피곤한 얼굴로 엄마가 다 아는 주의를 주었다.

"가비야. 그 일본 순사 만나도 무서워하지 말고 침착해야 한다. 떨지 말고…"

울적한 가비는 "엄마, 나도 알아요." 하고 냉정하게 말하였더랬다.

"힘들어도 부지런히 가야 한다. 아버지 시장하시다."

"엄마는 빨리 건강병원 가서 아기 진찰을 해야지요."

침착한 가비도 이유 없이 기분이 안 좋을 때가 있다. 엄마에게 공손하게 대하지 않은 생각을 덮고 가비는 뛰듯이 걷는다. 기모노 차림의 젊은 일본 여자가 유난히 딸까닥거리는 게다(나무로 만든 여름 신발) 소리를 냈다. 그 여자를 앞질러서 갔다.

습관처럼 가비는 하늘을 올려다보았다. 엷은 코발트색 하늘은 한없이 투명하였다. 매일 어디로 가는지 까마득히 높은 하늘로 B29가 그어놓고 간 하얀 포물선을 올려다본 가비는 배고플 아버지 생각에 재빨리 고개를 돌리고 시장통으로 갔다. 사람들이 왁자한 시장터를 급히 지나가며 가비는 고개를 갸웃하였다.

요새는 다들 먹을 양식이 떨어져서 먼 농촌에서 아기 업고 무거운 채소 광주리를 머리에 인 아주머니들과 지게에 개구리참외와 잔챙이 수박 같은 것을 지고 오는 노인들이 많았다. 또 끼니를 굶어서 부황 든 아낙네들이 젖먹이를 업고 돈을 벌러 장에 온다는 엄마의 말이 슬퍼서 가비는 한동안 눈을 감고 있었던 생각을 한다.

지게를 진 구부정한 노인들이 장터 쪽으로 가고 누굴 잡으러 가는지, 자전거 탄 조선 순사가 화살같이 지나간다. 꾸깃꾸깃한 인조

견 저고리와 구겨진 베적삼을 입은 여자들이 머리에 채소 광주리와 옷 보따리 같은 것들을 이고 가는 시장터는, 아침인데도 피곤하고 서글픈 공기가 휘돌았다. 문득 가비의 귓가로 아버지의 기침 소리가 들리었다. 기침이 심해서 잠을 못 잤다고 신음 섞인 아버지 말이 귓가로 맴돌아 가비는 운동화 발에 바퀴가 달린 것처럼 뛰는 속력을 내었다.

아버지가 사거리 건강병원에서 폐 X레이 사진을 찍고 혈액검사를 받은 날이었다. 이시가와 순사는 자기 둘째 형이 원장인 건강병원에서 아버지가 폐결핵 3기 진단받은 것을 원장에게 듣고도 신원조회를 한다는 구실로 아버지를 읍사무소로 데려갔었다.

"가네모토 쇼이치! 일본대학 다닌 당신은 환자라고 해도 일본 문서 번역과 통역 실력이 있는 사람이요. 내일부터 읍사무소에 나오시오!"

아버지는 그 자리를 벗어나려고 작은 소리로 "하이(네)." 하였다.

"당신의 형 가네모토 쥰은 경성의 약학 대학을 다녔어도, 읍사무소의 출납부 일까지 열심히 하고 있지 않소…? 당신도 당신 형처럼 협력하시오. 명령이오!"

아버지는 아까보다 더 작은 소리로 "하이" 하였다.

"그럼. 분명 조헤이(징병)에도 상당한 혜택이 있을 것이오!"

이시가와가 호통을 쳤으나 아버지는 읍사무소에 나가지 않았다. 그러자 얼마 후부터, 그는 아침저녁은 물론 새벽이나 오밤중을 가리지 않고 좀도둑처럼 대문을 따고 들어왔다. 아버지가 집에 있는지, 확인 조사를 시작한 것이다. 아버지는 일본전쟁이 기울고 드디어 징병 모집이 위험선까지 온 모양이라고 잔뜩 이마를 찌푸렸다. 그리고 그날 이후 아버지 가네모토 쇼이치는 깊은 밤에 아내 장순과 의논하여 과수원 위쪽 전나무 숲에 굴을 파기로 결정을 하였다. 과수원 책임자 황씨에게 단단히 지시하여 굴을 팠다. 악착같이 따라붙는 일본 순사 이시가와를 피하기 위한 도피처를 만든 것이었다.

가비는 책가방을 앞으로 돌려서 메었다. 그리고 밀짚모자가 벗겨지지 않도록 엄마가 달아준 빨간 헝겊 끈을 조여 매었다. 쨍쨍한 햇볕 속으로 가비는 속도를 내어 재빨리 걷다가 뛰곤 하였다. 눈을 바로 뜰 수 없을 만치 강렬한 햇살에 눈이 부시어 가비는 속눈썹을 내리깔고 걷는다.

우리 동네 돌담 둘린 채소밭보다 작은 변전소 앞 밭의 하얀 파꽃이 더 예뻐서 좋았다. 후 불면 바람에 날려 공중으로 흩날리는 하얀 파꽃 잎들은 활동사진을 보는 것 같았다. 가비는 앞으로 돌린 가방을 한 손으로 받치고 출렁이는 책가방 어깨끈을 왼손으로 꽉 잡고 뛰기 시작하였다.

하양 노랑 호랑나비들이 강강술래를 하듯이 윤무를 도는 장다리 꽃밭을 지나고, 비눗방울 같은 하얀 파꽃 밭을 바람처럼 지났다. 변전소 지나 잠시 주위를 둘러본 가비는 손수건으로 얼굴을 닦고 다시 뛰기 시작하였다. 하지만 얼마 못 가서 쇠꼬챙이 소리를 지르고 말았다. 가즈오와 함께 오는 아마다 교장과 마주친 것이었다.

조선어 쓰는 학생에게 벌주고 퇴학시키는 교장은 가비의 친구 가즈오의 아버지였다. 가비는 얼어붙고 말았다. 싫은 가즈오 아버지 때문에 마음이 조여왔다. 불안하여 얼굴빛이 굳은 가비에게 보통 때와 달리 어딘지 달라 보이는 가즈오가 말하였다.

"가비야. 건강병원에서 아버지를 만났어. 그래서 엄마가 말라리아에 걸렸다고 할머니를 데리러 가는 거야…."

다른 때와 달리 웃지 않는 가즈오를 빤히 보았다. 친절하게 설명하는 가즈오는 옆에 있는 자기 아버지 아마다 교장을 싫어한다는 것을 가비는 알고 있었다.

"가비야. 너 아까보다 기운 없어 보인다. 어디 아픈 거니?"

"아니야. 더워서 과수원에 빨리 가려고 뛰어와서 그런 거야."

갑자기 아마다 교장이 큰소리로 자기 아들을 야단친다.

"가즈오! 너, 이 애를 조선말 이름으로 불렀지? 안된다. 이 아이의 일본 이름이 무엇이냐?"

"가네모토 야스히입니다."

가비가 대답하였다.

"안돼. 밖에서도 조선 말을 하면 안 된다고 배웠지? 가즈오. 너는 4학년 대표인 반장이다."

"아버지. 야스히는 우리 반에서 공부 제일 잘하는 조선 아이 '부반장'이예요."

"그래서…? 공부 잘하는 조선 아이는 특별대우를 해줘야 한다는 거냐? 어쨌든 절대로 조선 말 사용은 안 된다고 배웠지? 들키면 벌을 받게 된다는 것을 모르느냐?"

"아버지. 여기는 학교 밖인데도 벌을 받나요?"

가비 편을 드는 가즈오는 강경하였다.

"학교에서는 조선말로 이야기하고 떠들면, 복도에서 무릎 꿇고 두 손 들고 공부 시간이 끝날 때까지 벌을 서야 한다고 구니모토 센세이가 가르쳐주지 않았느냐…?"

두 아이는 아무 말을 못 하였다.

"조선말로 싸우거나 떠들다가 두 번 들키면 퇴학 처분을 받게 된다는 걸 모른단 말이냐? 야마다 가즈오? 4학년 반장이…?"

가즈오는 골난 얼굴로 대답하지 않았다.

"너는 반장 실력이 없다. 집에서는 아버지라고 불러도, 학교나 밖에서는 교장선생님이라고 불러야 한다. 모르겠느냐?"

"네, 교장선생님."

가즈오 대신 가비가 냉큼 대답하였다.

"너는 가네모토 야스히…라고 했지? 너의 아버지가 가네모토 쇼이치냐…?"

"네."

"이시가와에게 들었다. 가네모토 쇼이치가 조헤이(징병) 대상인데, 폐결핵 환자라, 당장 징집하기가 곤란한 대상이라고 들었다."

가비는 고개 숙인 채 침묵하였다.

"부반장인 네가 반장보다 영리하구나. 고것 참!"

"그런데 가네모토 쇼이치, 너의 아버진 지금 어디 있느냐?"

"집에 계세요."

"집에서 무얼 하느냐? 읍사무소에 나온다는 약속을 어긴 채, 대체 무슨 배짱인지…? 너, 다시는 학교 밖에서 조선말을 하며 가즈오와 놀면 안 된다. 알겠느냐? 내 말을 어기면 너는 벌을 받아야 한다는 걸 꼭 기억해야 한다. 알았느냐?"

"아버지! 여기는 학교 밖인데요, 왜 벌을 받아요?"

가즈오가 얼굴이 빨개져서 항의하자 가비가 나섰다.

"우리 집에서는 조선말을 해도 학교에서는 안 된다는 걸, 나는 알고 있어요. 야마다 교장선생님!"

"참, 똑똑한 조선아이로구나. 그래도 가즈오는 이 조선 아이와 학교 밖에서 친하게 놀면 안 된다. 어린 여자애가 너무 똑똑한 것 같다. 그래서 구니모토가 부반장을 시킨 모양이다."

가비가 야마다 교장을 올려다보고 또렷하게 말하였다.

"여기는 조선입니다. 그리고 여기엔 일본인들보다 우리 조선 사람들이 엄청 더 많이 살고 있어요, 아마 3분의 2도 넘게 살아요… 노인들이랑 어린아이들은 일본 말을 할 수 없어요. 일본어를 배우지 않아서 모르니까요. 그리고 유치원 다닐 때부터 친한 가즈오에게 나하고 놀면 안 된다는 건 이상해요. 지금 나하고 가즈오는 같이 4학년 반장과 부반장입니다."

가비는 가즈오 아버지 야마다 교장을 똥그란 눈으로 똑바로 쳐다보고 따지듯이 말하였다. 이렇게 가까이서 보는 건 처음이었다. 한 달의 첫째 월요일 아침마다 야마다 교장은 전교생에게 훈시 연설을 한다. 또 그는 2학기가 시작되는 첫날도, 운동회날도 전교생과 학부모 앞에서 연설을 한다. 어려운 일본 단어를 많이 섞어서 6학년도 완전히 이해할 수 없다고 고개를 젓는 학생들이 많았다. 구니모토 선생님과 다른 선생님들도 알지만 직접 교장선생님에게 바른대로 말하지 못할 뿐이었다.

언론의 자유가, 사회와 세상 어디에서도 각 사람의 지위가 계급이 되는 것을 가비는 분별하지 못하는 소학생이었다. 단상에서 말하는 교장선생님은 체격과 인상이 좋고 의젓하다고 속살거리는 학부형들을 가비는 흘겨보곤 하였다. 학교에서도 밖에서도 조선어를 사용하지 말라고 호통을 친 야마다 교장은 다소 누그러진 어조로 가비에게 말하였다.

"너는 일본어 공부를 더 열심히 하도록 해라. 앞으로는 다른 학과보다 일본어 공부가 너에게 더 중요할 것이다. 열심히 책을 읽도록 해라."

뿔이 난 가비는 작은 소리로 '하이(네).' 하였다.

"가즈오는 즉시 건강병원 엄마에게로 가거라. 할머니께는 나 혼자 갈 테니까."

풀려난 두 아이는 미운 교장에게 재빨리 사요나라! 하고 인사를 하였다.

'아유, 휴우…'

두 아이는 동시에 해방의 심호흡을 토해내었다. 불시에 붙잡힌 도깨비에게서 풀려 난 것 같은 기분이었다. 야마다 교장이 가자, 마음이 놓인 가즈오가 가비의 손을 잡았다. 만날 때면 자기 손을 잡는 가즈오에게 가비가 고맙다고 크레용 선물 인사를 하려다가 입을 다물었다. 아까 집 앞에서 만났을 때는 크레용 선물 생각이 나지 않아서 말하지 못하였다는 설명을 하기가 싫어졌다. 유치원 원장인 가즈오 엄마는 착하고 조용하지만, 아버지 야마다 교장은 잘났다고 우쭐대는 것이 가비는 너무도 싫고 미웠다.

'희야시, 너의 아버지는 훌륭한 분이다. 아픈 폐는 차츰 완치될 것이다.' 하고 위로 해준 구니모토 선생님은 공민 시간에 강조하였다.

타인에게 도움을 주었어도, 우등상과 미술이나 체육상을 탔어도, 자기 자랑을 하는 사람은 어른도 학생도 인격이 부족한 사람이라고 몇 번이나 강조하였다.

친한 친구를 속이거나 배신하는 어른은 물론 어린 학생도 거짓말을 하고 친한 친구를 속이고 배반한 사람은 언젠가는 자기 잘못을 알게 될 것이다. 그러면 후회하게 되고 스스로 부끄러움을 느끼게 될 것이다. 하지만 자기의 잘못을 깨닫지 못하면 반성을 하지도 않을 것이다. 집에 가서 깊이 생각해 보고 숙제장에 써서 내일 제출하도록! 그리고 다들 선량한 사람이 돼야 한다.

구니모토 선생님은 몇 번이나 강조하였다. 나란히 앉은 가즈오와 가비는 큰 소리로 "네, 선생님!" 하고 손뼉을 쳤다. 18명인 4학년 학생들이 한목소리로 힘차게 대답하였다.

가즈오는 아마다 교장이 지시한 엄마가 입원한 건강병원으로 가고, 가비는 책가방 끈을 조여 잡고 과수원을 향해서 힘껏 뛰어가기 시작하였다. 과수원은 멀고 아버지 식사 시간은 늦어졌다. 만나고 싶지 않은 아마다 교장의 잘난 척 때문이었다. 그는 자기가 강조한 일본어 훈시를 가비가 콧등으로 여기는 걸 모르는 모양이었다. 약은 고양이 밤눈 어두운 것처럼.

마침내 목적지에 당도하였다. 가비는 굴 위의 나뭇가지들을 헤치고 가쁜 호흡으로 전나무숲을 휘둘러보았다. 지나가는 사람은 아무도 없다. 산까치가 날아다니고 참새들이 전깃줄에 나란히 짹, 짹, 짹, 떼창을 할 따름이었다. 가비는 폭풍우를 몰고 온 회오리바람처럼 순식간에 굴속으로 들어갔다. 웅크리고 있는 아버지에게 고개 숙여 인사하고 가방의 밥과 국을 아버지 서재의 찻상에다 차려놓았다. 그리고 자기가 메고 온 국방색 물병의 보리 물을 노란 양은 주전자에 따라놓았다.

오늘 아버지 얼굴빛이 어저께보다 사뭇 새하얗고 야위어 보인다. 불면증 때문에 잠을 못 주무신 게 분명하였다. 가비는 마음이 아파서 가만가만히 아버지가 아침 식사 후에 드실 약을 베개 옆 성경책 위에 챙겨놓았다. 그리고 야마다 교장을 만난 이야기를 하려다가 입을 다물었다. 아버지의 표정이 흐리고 어두운 날은 아버지 안식을 위하여 가비는 별다른 보고 없이 잠잠히 속마음으로 기도할 따름이었다.

아버지는 사뭇 고독하고 가비는 한결 울적하였다. 친한 가즈오의 아버지 야마다 교장의 조선말 사용금지 설교를 아버지에게 보고하고 싶었으나 가비는 단념하고 말았다. 피곤한 아버지를 쉬게 해 드리려고 가비는 다른 날보다 깊이 절하고 빨리 굴에서 나왔다. 속상한 가비는 슬프다. 울고 싶다.

아버지의 조헤이 문제는…? 앞날이 캄캄하였다.

'역사 깊은 우리나라 조선은 어떻게 왜소한 섬나라 왜인(倭人)들에게 나라를 빼앗긴 걸까…?' 집에 올 때까지 가비는 아버지 모습에 계속 눈물이 고였다. 주홍색 노을이 설봉산을 넘어간 밤. 쓸쓸한 가비는 뒤란에서 별똥별을 바라보고 있었다. '어머나…?' 밤하늘의 별들이 저토록 총총하게 반짝거리는 걸 유심히 본 가비의 크게 뜬 눈에 놀라움과 기쁨이 유성처럼 지나갔다. 얼마나 아름다운 우주의 밤하늘인가.

'아아… 우리 아버지는…?' 옹매듭처럼 풀리지 않는 조헤이 생각을 하며 가비가 하염없이 올려다보는 밤하늘의 별들이 저토록 많이 있는 것을 처음 본 것 같은 신기한 느낌이 들었다.

가만히 가즈오의 얼굴이 떠오른다. 낮에 변전소 앞에서 만났을 때, 학교 밖에서도 조선 아이와 조선말을 하면 벌을 받게 된다고 야단치는 자기 아버지에게 가비 편을 들어준 가즈오 생각을 하며 가비는 19명인 조선 아이들은 옷이며 신발이 지저분하여 무시당하는 게 화가 나고 창피하였다. 싫고 기분이 나쁘다. 그렇지만 일본이 태평양 전쟁에서 패망하여 모두 자기들 나라로 가야만 해결될 문제라고, 아버지는 저녁상에서 목소리를 높이시곤 하였다.

"가비야. 머지않아 우리 조선은 식민지에서 해방될 날이 올 것이다. 너무 신경 쓰지 말아라. 조선 아이들과 침략자 일본 아이들의 옷차림과 신발이며 공부의 차이가 나는 것도 모두 아이들 책임은 아니다. 그러니까 머리와 몸을 깨끗이 씻고 단정하게 학교에 다녀야 한다. 공부 열심히 해야 하고. 알겠느냐?"

가비는 생각하고 생각해도 자기가 할 수 있는 것은 소학생이니까 공부를 더 열심히 하는 것이었다. 그리고 일요일마다 엄마와 예배당에 가고 잠자기 전에 꼭 기도하는 것이었다. 졸음이 와서 손수건으로 비빈 왼쪽 눈에 다래끼가 달려서 엄마와 예배당에 갈 때, 창피해도 안대를 하고 다녀야 했다.

가즈오가 왔다. 말라리아로 입원한 엄마가 퇴원하면 부르러 오겠다는 약속을 지킨 것이다. 하지만 가비는 혼자 아버지 밥 심부름을 가야 한다. 아픈 아기가 젖을 먹지 않고 열이 내리는 차도가 없어서 엄마는 건강병원에 가야하고 오늘도 가비는 혼자 밥 심부름을 가야 한다.

"가즈오야, 미안해. 아픈 아기 때문에 엄마가 건강병원에 가야 해서. 오늘도 내가 과수원 책임자에게 엄마의 지시를 전해야 한다. 빨리 돌담 친 동산으로 갈게. 그러니까 너 먼저 가서 돌담 밭의 색색 가지 채소꽃들을 구경하고 있어. 뻐꾸기 소리도 듣고. 잎사귀 4개 달린 행운의 클로버를 찾고 있어. 내가 엄마 심부름하고 너한테 동산으로 빨리 갈게. 응…?"

하늘색 반바지와 하얀 반팔 샤쓰(셔츠)를 입은 가즈오가 가비의 어깨끈이 달린 주홍색 새 치마가 예쁘다고 칭찬하였다.

"나는 오렌지색을 제일 좋아하거든."

가비는 조금 부끄러운 기분이 들어 가만히 미소 지었다. 그리고 손을 저어 보이고 뛰어가기 시작하였다. 가즈오는 가비가 말한 가비 선조들의 다섯 묘가 있는 뒷동산으로 갔다. 처음에 무서워하던 묘들을 지나치고 채송화꽃들이 웃는 아기처럼 예쁘게 핀 걸 보고 가비와 하모니카를 불던 너럭바위로 가서 앉았다.

가즈오는 울창한 나무숲을 둘러보며 가비의 말을 생각한다.

"지금 너의 크레용 선물 생각이 났어. 곽도 예쁘고 12가지 색이 가지런한 크레용이 너무나 이쁘고 귀여워. 정말 고마워."

가비는 정말 12가지 색 크레용 선물이 예쁘고 기뻤다. 가비의 8가지 색 크레용은 곽이 조금은 헌 것이었다. 일본 아이가 아니면 가즈오와 더 친하게 지내고 싶지만 가비는 학교에서도 밖에서도 그렇게 마음대로 할 수 없는 식민지 조선 아이였다.

뻐꾸기 소리가 들려온다. 아휴우…! 하고 가비가 기쁜 소리를 내던 목소리가 들려서 가즈오는 옆자리를 보았다.

가비는 없고 목소리만 들리었다.

"가즈오야. 너는 미술 숙제, 무슨 새를 그릴 거니…?"

"너는…?"

가비는 얼른 대답을 않고 생각을 굴려본다. 그러자 가즈오가 말하였다.

"나는 먼 산에 숨어서 우는 뻐꾸기 새를 그릴 거야. 본 적은 없는 새지만, 그림책을 보고 내가 상상한 예쁜 뻐꾸기 새를 그릴 거야. 직접 보게 되면 아마 가비 같이 생긴 새일 거 같거든."

"뻐꾸기를…?"

가비는 우울하였다. 아버지가 뻐꾸기 소리를 참 좋아하시는데…! 아버지는 때때로 너럭바위에 신문지를 깔고 누워서 농부들이 밭에서 일할 때 쓰는 챙 넓은 밀짚모자로 얼굴을 덮고 짧은 낮잠을 자기도 하였다. 또 수첩에 무언갈 쓰곤 하였다. 답답한 산굴 속에서 지금 아버지는 무슨 생각을 하실까. 나쁜 일본 순사 놈! 못생긴 땅딸보 이시가와 순사놈.

가비는 뻐꾸기가 착한 새가 아닌 것을 알고 있다. 자기 알을 다른 새 둥지에다 낳아서 그 둥지의 새가 자기 알인 줄 알고 품어주고 새끼가 클 때까지 길러준다는 것을. 그리고 길러주는 어미의 새끼들을 밀어내어 땅으로 떨어트리게 하는 심술궂은 새인 것을…!

까치와 까마귀

그날 가비가 새 이야기를 하였다.

"나는 우리나라 어른들이 좋아하는 까치 새를 그릴 거야. 지저귀는 소리도 상쾌하고 기쁜 소식을 알려주는 아주 고상하게 생긴 새야. 아침 창가에 와서 어서 일어나라고 노래하는 까치를 너, 본적 있니…?"

"으응. 보았는데, 자세히 보지 않아서 새 모양은 잘 생각이 나지 않아. 참새보다 많이 크고 건강하게 큰 새지…? 까맣고 하얀 날개가 멋지고 노래하는 소리가 아주 씩씩한 새지, 맞지…?"

웃으며 가즈오가 자기가 아는 까치를 설명하였다. 그리고 일본인들이 좋아하는 새 이야기를 한다.

"우리나라 일본에서는 까마귀 새를 좋아하는 거, 가비야. 너, 아니…?"

"몰라. 까마귀를 좋아한다고…? 일본 사람들은 새까맣고 우는 소리인지 노래하는 소리인지 깍깍거리는 기분 나쁜 새를 좋아한다고…? 우리 조선 어른들은 까마귀가 그 집 지붕에 와서 울면 그 집의 누군가가 사망한다고, 우리 조선에선 별로 싫어하는 새인데…?"

정말 너무 다른 두 나라의 민속이었다. 까치와 까마귀…?

반도인 우리나라 조선과 섬나라 일본의 민속이 너무도 판이하여서 둘은 동시에 놀란 눈이 되었다.

혼자 간 그날. 갓 핀 하얀 백합화 같은 가비를 그려보면서 가즈오는 부러운 까치 생각을 하였다. 가즈오는 숲 주위를 둘러보며 크레용 선물을 고맙다고 한 가비를 목마르게 기다렸다. 하지만 가비는 오지 않는다. 가비 걱정을 하며 가즈오는 엄마가 저녁 식사 시간 전까지 꼭 집에 들어와야 한다는 엄한 약속을 지키기 위하여 설봉산의 하늘을 보며 쓸쓸히 집으로 가야만 했다. 대신 일요일 오후에 온천 연못에서 금붕어들을 보자고 한 말이 생각나서 가즈오는 가비가 칭찬한 볼우물 미소를 머금고 집으로 갔다.

　여름방학 때면 가즈오는 유치원 원장인 엄마와 외할머니를 보러 일본 여행을 간다. 유치원 다닐 때부터 일본에 갔다 올 때면 가즈오는 예쁜 필통과 연필이랑 책받침 고무(지우개) 같은 소학생에게 필요한 학용품 선물을 주었다. 대신 답례로 가비 엄마 장순은 계란말이와 애호박 부침, 김치전 같은 보통 반찬을 에이코에게 보내곤 하였다. 반일파인 가비 아버지 모르게 장순은 추석 음식과 정월대보름의 약식 약과와 수정과를 보내었다. 그 답례로 가즈오 엄마 에이코는 가즈오 아버지가 경성 출장 간 날 가비 엄마와 아버지에게 점심 초대를 한 적이 있다. 하지만 반일파 골수인 아버지가 참석할 리가 없다. 엄마가 깨소금 병과 간장에 조린 삶은 계란이랑 몇 가지 반찬을 가지고 혼자 에이코 초대에 참석하였다.

　장순이 한련화랑 키 작은 봉숭아꽃이랑 향기가 특별한 백합화랑 몇 가지 꽃으로 만든 귀여운 꽃다발은 그냥 조신한 아가씨 같았다. 하지만 가즈오네 넓은 화원은 가비가 못 보던 꽃들이 색색 가지로 화려하였다. 아버지가 가꾸는 꽃밭의 꽃으로 장순이 만든 꽃다발과는 비교가 되지 않는다. 가즈오 엄마 에이코와 가비 엄마 장순의 인상이 비교되는 꽃다발일 수밖에 없었다.

　가끔 장순은 상냥한 에이코가 반기는 우리 조선의 보통날 반찬과 깨소금이랑 다진 마늘과 고춧가루 병을 주었다. 에이코에게 받은 일본 센베와 사탕에 대한 답례였다. 그러니까, 두 집의 가장은 반일파 가비 아버지와 조선을 침략한 입장임에도 식민지 조선인들을 무시하는 가즈오 아버지와는 서로 만나는 일은 없었다. 인형 같은 에이코와 아기 셋의 엄마인 장순은 그냥 인심이 통하는 조선인 아줌마와 일본인 이웃집으로 친하게 지내는 아웃이었다. 그때는 아직 풋내기 가즈오 삼촌 이시가와 겐지로 순사가 조선인 징집 책임자가 되기 전이었다. 그러니까 그가 아버지를 체포하러 다니지 않을 때였다.

　며칠 후였다.

　엄마 심부름을 하고 연못으로 가겠다고 한 가즈오에게 급히 가는 길에 고만 가비는 이시가와를 만나고 말았다. 그 싫은 일본 순사를 피해 새 다리로 가고 있는데 도깨비만큼 끔찍하게 싫은 이시가와를 만나게 되었다. 가즈오에게 빨리 가고 있는 가비 앞에 보기만 해도 무시무시한 일본 순사 복장을 한 이시가와가 밧줄로 묶은 조선 농부 두 사람 옆에 우뚝 서 있는 것이었다. 으스스하고 오싹

한 가비는 차려 자세로 그를 마주 보았다. 가즈오가 말해준 대로 가비는 떳떳한 얼굴로 그를 쳐다보았다.

'내가 메고 있는 책가방을 열어보라고 어서 말해! 나는 더 바쁘니까…' 머리가 안 좋은 사람인 건 분명하였다. 아버지가 집에 있나 없나, 조사하기 위해 꼭두새벽이나 오밤중에도 들이닥치곤 하는 그 기본 예의 없는 일본 순사가 이빨을 꽉 문 가비를 똑바로 보았다.

"너. 어디 가는 거냐. 이렇게 일찍…?"

아무 잘못 없는 사람도 두렵기만 한 일본 순사 복장의 이시가와가 목청 높여 다시 물었다. 가비는 용기를 내어 사실대로 말하였다.

"우리 과수원에 가는데요. 엄마 심부름하고 다른 때처럼 원두막에서 공부하려고요."

"정말이냐?"

"네! 정말이에요!"

"가네모토 야스히, 너의 조선 이름은 가비라고 했지?"

"네. 가즈오와 같은 4학년이에요."

"그럼. 네 엄마 이름은 뭐냐? 만날 때마다 그냥 옥상(부인)이라고 불러서. 부인은 거리의 많은 여자들을 가리키는 흔한 명칭이어서…?"
"우리 엄마 이름은 장 순 씨예요."
"장 순…? 별나게 짧고 외우기 쉬운 이름이로구나. 장 순…?"
이시가와는 무슨 생각을 하는지, 입을 다문 채 잠깐 그대로 서 있었다. 자기 두 형보다 얼굴과 체격이 빈약하고 좋은 대학을 다니지 못한 그가 엄마에게 호기심이 있다는 걸 가비는 눈치채고 있었다. 여름이라 바람이 지나가는 툇마루에서 엄마가 반팔 적삼을 헤치고 아기에게 젖 먹이고 있을 때 이시가와가 왔다. 그는 용건을 말하지 않고 엄마를 노려보고 있던 모습이 생각난다. 가비는 그때처럼 오싹한 기분이 들었다.
기분이 안 좋은 가비는 이상한 힘을 내어 높은 어조가 되었다.
"그때 가즈오가 알려줬는데요, 우리 엄마 이름을 왜 또 물어요?"
"특별한 이유 없다. 그냥 옥상(부인)이라고 불러서 정식 이름으로 대우하려는 것뿐이다."
무슨 속셈을 감춘 것인지 그는 몸을 돌려 반대쪽으로 갔다. 눈을 뱀처럼 뜨고 징용에 보낼 조선 남자들을 잡으러 가는 나쁜 순사. 요새는 노인과 불구자와 어린 소학생 말고는 무조건 거리의 조선 남자들을 색출한다고, 친일파 쪽인 큰아버지 말에 가비는 소름이 돋았다.

이게 무슨 일인가. 밉상인 이시가와가 간 자리에 가즈오가 온 것이다.

"내가 너 만나러 지금 과수원으로 가는 거야."

놀라고 반가운 가비는 커진 눈으로 가즈오의 흥분한 모습을 바라다본다. 가비를 만나서 신이 난 가즈오가 말하였다.

"우리 온천 연못에 가서 금붕어들 보고 너의 할아버지 묘 있는 동산에 가자. 하모니카도 불고, 새로 배운 어려운 단어 공부도 하자. 가비야, 어때…?"

"아니야!"

가비는 아버지가 징용 문제 때문에 산굴에 사는 말을 할 수가 없어서 냉랭하게 말했다.

"우리 집은 아버지 조헤이 때문에 엄마와 나도 우리 아버지처럼 몹시 불행하다. 우리나라를 식민지로 만든 일본의 후예인 너는 내가 지금 얼마나 속상하고 슬픈지, 짐작도 못 할 거야!"

대답하지 않고, 가즈오가 가비의 왼쪽 손을 잡는다.

"너는 왜 나의 왼손 만을 잡는 거니? 벌써부터 물어보고 싶었단

말야?"

"너는 몰라도 돼. 너의 꼬마 손가락이 예쁘잖아. 그래서야."

그렇게만 말하고 가즈오는 가비의 새끼손가락이 하나 더 달린 왼쪽 손을 힘주어 잡는다. 2학년 때 일본 아이 엄마가 가비의 손가락이 여섯 개의 〈육손〉이라고 흉보는 소리를 들은 가즈오는 그 후, 어디서나 가비의 손가락을 감춰주려고 왼손을 잡고 다녔다.

"내가 내일 엄마에게 허락받고 과수원에 같이 가자. 빨갛게 익은 사과들도 그리고 봄방학 때처럼 원두막에서 부채과자랑 미루꾸랑 김밥이랑 먹자. 하모니카도 불고 일본에서 새로 사 온 만화책도 같이 보면서 재미있게 놀자!"

순진한 가즈오가 걱정 많은 가비에게 신나서 말하였다. 가비가 아무 말을 않자 눈치 빠른 가즈오가 말하였다.

"오늘은 온천의 금붕어 노는 것만 보자."

안 돼! 하고 가비가 거절하였다.

"지금은 내가 많이 피곤하다. 아기가 다 나아서 내가 엄마 심부름 안 가도 되는 날, 너 부르러 갈 게. 그때 우리 뒷동산으로 나비들 축제 보러 가자! 안녕!"

가즈오가 말없이 그 자리에 서 있어서 가비는 손을 저어 보이고 뛰어가기 시작하였다. 만날 때마다 애기 손가락 하나가 덤으로 달린 자기의 왼쪽 손을 잡는 의문을 가즈오에게 물었다.

'너는 왜 나의 왼쪽 손만을 잡는 거니? 오른쪽 손은 한 번도 안 잡고…?'

'너는 몰라도 돼…'

'왜…?'

"비밀이야."

정말 가비는 그때까지 그 이유를 깊이 생각해 본 적이 없었다. 정색하고 따져 묻지도 않았다. 신중한 가즈오가 비밀이라고 한 것은 차츰 잊어버렸다.

마음이 급한 가비는 숨차게 뛰어서 과수원에 도착하였다. 귀가 하나 없는 과수원 책임자 황씨에게 오늘도 엄마가 못 오신다는 말을 전하였다. 그러니까 일꾼들을 잘 보살피라는 엄마의 지시를 전한 가비는 주위를 살펴보았다. 그리고 까마득히 높은 미루나무꼭대기의 까치집에서 새끼에게 모이를 먹이며 까악까악 짖는 산 위쪽으로 올라가기 시작하였다. 가비가 멈춰 서서 본 과수원 일꾼들은 일에 열중할 뿐, 가비를 눈여겨보는 사람은 없었다.

이윽고 굴 앞에 다다랐다. 울창한 전나무 산 주위를 빙 둘러보았으나 숲길을 내려가고 올라가는 사람은 아무도 없었다. 휴 우… 숨을 내뿜으며 가비는 가마니 위를 얼기설기 덮은 나뭇가지들을 헤치고 재빨리 굴속으로 들어갔다. 등잔불에 비친 아버지는 사뭇 해쓱한 낯빛이었다.

가비는 여느 날처럼 가방에서 아버지 아침을 꺼내어 서재의 아버지 찻상에 꺼내놓았다. 아버지는 수저를 들면서 아픈 막내 아기에 대해서 물으셨다. 오늘따라 가비는 아버지가 가여워서 왈칵 눈물이 어린다. 어저께 밤. 아버지가 옹달샘에 못 나갔던 이유는 비 때문이었을까…? 어디가 더 아프셨기에 물 주전자는 비고 요강은 지린내를 풍기었다. 피 묻은 휴지가 휴지통에 수북하였다. 걱정스러운 가비가 조심스럽게 물었다.

"아버지. 어저께 밤에 많이 아프셨어요…?"

대답을 하려던 아버지가 연거푸 터지는 기침을 수건으로 막는다. 얼굴이 문창호지 빛인 아버지가 밤에 옹달샘에 가는 건, 걷는 다리운동을 하고 세수를 하기 위해서였다. 주전자에 샘물을 채우고 요강을 비우는 게 아버지의 하루 일과였으므로.

어저께 밤 아버지가 굴 밖으로 나가지 못한 이유를 생각해 보며 가비는 입을 앙다물고 눈물을 참는다. 무슨 말로 위로를 드릴지 모르는 가비는 오로지 가슴이 아프고 슬플 따름이었다. 소리 내어 실컷 울고 싶기만 하였다.

"오한이 나고 기침이 나서 잠들 수가 없었다. 이제 밥과 약을 먹었으니 잠이 올 것이다. 으슬으슬한 오한은 따듯한 보리차를 먹었더니 한결 좋아졌다. 너는 걱정 말고 어서 나가거라. 항상 조심하고…."

"네, 아버지. 늘 조심하니까, 아무 걱정 마세요."

오늘따라 가비는 아버지께 깊은 절을 하였다. 흡사 멀리 작별하는 것처럼 공손한 절을 하며 마음속으로 애원의 기도를 간절히 하였다. 그리고 잽싸게 굴을 빠져나왔다. 냄새나는 요강은 저녁때 교대로 오는 엄마에게 맡기고 가만히 나왔다. 언제나 다시 굴에 들어갔다가 나올 용기가 나지 않는다. 누가 볼까 봐 이빨이 딱딱 맞부딪칠 듯이 무섭고 무서웠다. 그냥 지나가는 사람에게라도 굴에서 나오다가 들키는 것은 너무도 위험하기 때문이었다.

오늘도 그토록 불안한 굴을 무사히 들어갔다 나온 가비에게 쏴아… 쏴아… 한줄기 산바람이 뺨을 스친다. 위로하듯이 뺨을 쓸어주고 지나간다. 병이 깊은 아버지의 막막한 징용 문제를 생각하며 가비는 전나무 산길을 한발 한발 내려간다. 8월 한낮 땡볕에 지저

귀는 새들은 숲으로 숨고 매미가 목청껏 삶의 찬가를 뽐내는 울음소리는 애달프고 황홀하였다.

흡사 이 여름이 가면 자기 목숨의 끝을 슬퍼하는 매미들의 송가頌歌가 청청한 여름 하늘로 소리쳐 올라간다.

완장 찬 일본 헌병

하루가 지난 날 오전이었다.

아픈 막내를 업은 장순은 건강병원으로 들어가고 가비는 빠르게 걷는다. 부디 일본 순사를 만나지 않기를 바라며 뛰듯이 걸어간다. 아침부터 날씨는 온도가 높고 햇볕은 쨍쨍하다. 5일 장이 열려 있었다. 사뭇 흥성대는 분위기였다. 기침이 고개와 사오십 리 여주 백암 장호원 근동에서 참외 수박 지게를 지고 온 베잠방이 노인들은 배고픈 얼굴들이 공출에 시달리며 식량 걱정과 마구잡이로 잡아가는 정신대와 징병 걱정들을 한다. 곰방대 연기를 깊은 한숨처럼 푸우 푸우 날리는 노인들 모습은 너무도 처량해 보인다. 불쌍하여 가비는 먼 쪽으로 고개를 돌렸다.

"일본 순사 놈들이 정신대로 열서너 살짜리 계집아이들까지 나꿔채 가고, 앓는 사람과 오십 넘은 중년들까지 징병으로 훑어가는 판국이니, 이놈의 세상은 언제 끝날 건가…. 우리가 눈감기 전에 끝나기는 할 것인지, 잎담배 연기를 길게 내뿜는 노인들은 배고픈 강아지같이 서글픈 모습이었다. 어떻게 말릴 수도 응원할 수도 없이 처절하기만 하였다.

가비는 살아 있는 생명체는 인간은 물론 온갖 동물도 곤충도 식물까지도, 세상의 모든 생명체는 먹어야 살 수 있다는 것을 배웠다. 그러니까 먹지 못하는 목숨은 죽음인 것이다. 생명의 끝이었다. 이 식민지 시대, 조선 백성들은 특히 못 먹는 노인들은 스스로 배곯는 목숨을 포기하는 숫자가 늘어간다고 한다. 가비는 안타까워 화가 나고 슬프다.

아기 업은 아낙네들이 목이 휘도록 이고 온 애호박, 오이, 가지 같은 채소들을 펼쳐놓은 장터는 생존 경쟁터였다. 남편을 징용에 빼앗긴 여자들이 서커스 곡마단 앞에 줄지어 서 있는 풍경을 힐긋힐긋 보며 가비는 재빨리 지나갔다. 해는 점점 뜨겁고 장터는 더 붐비었다. 가비는 무명 수건을 양쪽 귀 아래로 내린 늙수그레한 떡장수 목판을 지나고, 노란 콩가루 묻힌 인절미와 켜켜이 붉은팥을 얹은 무시루떡 앞을 급히 지나쳤다. 또 풀잎 빛깔의 쑥떡 소쿠리 앞을 지나치고 턱밑이 팽팽한 얼굴을 맨드라미처럼 꼬고 있는 젊은 여자 앞을 지나갔다. 콩설기 쟁반에 간절한 눈길을 담고 있는 새댁은 마치 비가悲歌를 웅얼거리고 있는 자태였다.

붉은 완장을 찬 일본 헌병을 본 가비는 아버지를 붙잡으러 다니는 징병 담당자 이시가와 순사가 떠올라서 발걸음을 재빨리 돌렸다. 짚으로 엮은 열 개든 달걀 꾸러미 한 줄을 놓고 쪼그려 앉아 있는 자기 나이 또래의 여자아이를 본 가비가 걸음을 멈추었다. 언젠가, 알을 낳는 닭을 기르는 엄마가 짚으로 엮은 달걀 한 줄을 사준 여자아이였다. 엄마는 지갑을 털어서 얼굴에 버짐 핀 아이에게 호떡 세 개를 사서 닭발 같은 그 애 손에 쥐여줬다.

"어서 먹어라. 이거 들고 집에 갈 생각일랑은 아예 하지 말아라."

엄마는 흡사 나쁜 행동을 지시하는 것처럼 다른 사람에게 들리지 않게 또박또박 낮게 말하였다. 가난한 집에 노인과 어린 동생이 있으면, 이 호떡조차 이 아이 입에 들어가지 못할 게 뻔하기 때문이었다. 가비는 엄마의 마음을 안다. 그날, 그 소녀의 눈에 물기가 어리는 걸 본 가비는 '아버지가 징용 나가셨니?' 묻고 싶었으나 같은 나이 또래 아이에게 입이 떨어지지 않았다. 그 아이의 버짐 핀 얼굴 위로 금자 얼굴이 겹쳐 떠올랐다.

"…난 꼭 경성 가서 무용학교 다닐 거야! 식모살이를 해서라도 꼭! 가비야! 너는 내 말 믿지? 이건 나의 의지이고 정신인 거야. 반드시 나의 삶이고 꼭 이룩해야 할 나의 꿈인 거야!"

"그럼, 믿지! 금자야. 넌 꼭 유명한 무용가가 될 거야. 새로 부임한 일본 무용 선생님이 너의 몸은 유명한 발레리나가 될 좋은 체격이라고 칭찬했잖아…? 그 하라다 선생님은 일본에서 신인 발레리나 도쿄경연대회에서 일등 한 아주 유명한 무용가라고 하잖아…!"

새아버지와 재혼한 금자 엄마는 아기를 낳다가 사망하였다. 오빠와 금자는 제대로 밥 못 먹는 가난한 의부에게 구박받는 불쌍한 친구였다. 공부 잘하는 금자가 월사금을 못 내서 교단 앞에 불려 나갔을 때 무용가의 희망을 두 주먹에 움켜쥐고 서 있던 금자가 가비는 보고 싶었다. 만나고 싶고 그리웠다.

가비는 쨍쨍한 하늘을 올려다보았다. B29가 까마득한 하늘에 떠 있었다. 구니모토 선생님도 모르겠다고 한, 저 비행기는 매일 어디로 가는 걸까. 하얀 줄을 꽁무니에 길게 긋고 천천히 가는 B29

를 크게 뜬 눈으로 올려다보고 있던 가비는 빈대떡 냄새가 휘도는 장터를 도망치듯 뛰어서 아버지의 굴로 뛰어갔다.

 마침내 가쁜 숨을 고르며 가비는 땅굴 앞에 서 있었다. 산 주위를 휘둘러보며 손수건으로 얼굴의 땀을 닦았다. 그리고 나뭇가지들을 헤치고 가마니를 잽싸게 들쳐내고 굴속으로 들어갔다. 후유…. 아버지가 밥 잡수시는 걸 보며 가비는 구니모토 선생님 생각이 난다. 조선 아이 일본 아이 구별 없이 가르치는 인간적인 교사라고 드물게 아버지가 칭찬한 일본인이었다.

 가비는 오늘 아버지의 얼굴빛이 어저께보다 환해서 기분이 상쾌하였다. 저녁때 엄마와 교대하여 가비는 아기를 업어주고 힘들게 재워야 한다. 그렇지만 그 모두가 아버지를 위한 일이었다. 제일 힘들고 고단한 사람은 엄마인 걸 아는 가비는 오늘도 아버지가 드신 그릇을 잘 간추려서 구석에 있는 작은 함지박에다 넣고 보자기로 덮어놓았다. 빈 그릇들은 엄마가 저녁 드신 그릇과 합해서 집으로 가져오기 때문에 가비는 그냥 굴을 나가곤 한다.
 화색이 도는 아버지는 어저께보다 잠을 잘 잤다고 덧니 보이는 미소를 지으셨다. 엄마가 사거리 건강병원에서 수면제를 받아오겠다고 할 만큼 아버지의 불면증은 고질적이었다. 아버지가 어서 가라고 손짓을 하였다. 하지만 가비는 굴에서 나가는 게 두려웠다. 언제나 들어올 때는 주위를 살펴보지만 나갈 때는 누가 지나가는 걸 미리 볼 수가 없어서 조마조마해서 소름이 두드러기처럼 쫙 돋고 식은땀이 흐른다. 누구도 가비가 느끼는 극도의 공포감을 어떻게 다 알겠는가. 심장이 오그라드는 그 순간의 공포와 불안감을 누가 알 수 있겠는가. 엄마도 가비의 공포심을 속속들이 알지는 못하리란 걸 안다.

가비는 아버지께 공손히 인사하고 굴을 무사히 나왔다. 안도의 심호흡을 길게 토한 가비는 기분 좋은 손길로 아버지 굴을 덮은 묵은 솔가지들을 옆으로 치우고 새 솔가지들을 꺾어다 정성껏 덮어 놓았다. 싱싱한 솔가지 사이로 한결 시원한 바람이 통할 것을 생각하면서 가비는 가벼운 걸음으로 원두막으로 간다. 오늘도 이번 여름의 마지막 자락인 쓰르라미 매미의 운명적인 '사의 찬미' 열창을 서글픈 기분으로 들으며 가비는 원두막으로 가고 있었다. 초록색이 짙푸른 산을 한 번 둘러보고 원두막으로 올라갔다. 찐득한 운동화를 벗어놓았다.

새로 배우고 있는 애국가를 하모니카로 불기 시작하였다. 아버지를 향한 마음으로 열심히 연습한 우리나라 애국가를 부를 때면 왠지 가비는 눈물이 어리곤 한다. 시간이 가자 스르르 졸음이 오고, 고단한 눈이 감기려고 한다. 새 멍석 냄새를 솔솔 맡으며 가비의 눈이 감기었다. 얼마쯤 시간이 흐른 걸까. 예민한 가비는 이상한 느낌에 눈을 떴다, 이시가와 순사가 도깨비처럼 자기 앞에 우뚝 서 있는 게 아닌가.

어머나…? 놀란 가비는 냅다 소리를 질렀다.

"너의 아버지 가네모토 쇼이치는 어디 있느냐. 엉…?"

"우리 아버지는 평양 가셨어요. 고모부가 돌아가셔서 평양 가셨다고 며칠 전에 엄마가 말했는데요…?"

"어쨌든 가네모토 쇼이치는 내가 붙잡고 만다. 지난번엔 수원 친척 집 결혼식에 갔다가, 집에 오자마자 평양 장례식엘 갔다는 말을 내가 믿을 것 같으냐? 어림없는 거짓말이다…."

"정말이에요. 나는 거짓말 안 해요."

"흥! 그럼 너의 엄마는 어디 있니?"

아기가 아파서 건강병원에 다니는 걸 이미 아는 이시가와가 큰 소리로 취조를 하듯이 물었다.

솔직하게 대답한 가비는 고만 눈물이 솟고 만다. 그러자 흥이 빠졌는지. 일본 순사는 야단을 치는 것 같이 딱딱거렸다.
"너, 나한테 거짓말을 하면 감옥에 가둔다는 말을 잊지 않았지?"
총알 쏘듯이 협박을 하고 쌩 가버린다. 정말, 언제 봐도 싫기만 하고 밉살스러운 일본 순사 짱구이다.

제2부

빨간 눈물과 바늘

온천 앞에서 센닌바리[千人針]를 만나고 말았다. 빨리 집에 가서 쉬고 엄마와 교대해야 하는데 가비는 피곤하고 마음이 조급하기만 하였다. 그래도 여러 사람이 정성껏 한 땀씩 빨간 실로 수를 놓는 수틀을 뿌리칠 수가 없었다. 씻은 무처럼 희멀건 얼굴이 살짝 얽은 아기 업은 아낙네가 가비에게 애원의 눈짓을 하였다.

　가비는 손목에 맨 손수건으로 오른 손바닥을 싹싹 닦고 빨간 실이 길게 달린 바늘을 받았다. 작은 쟁반만 한 수틀을 가슴에 대고 빨간 실이 달린 바늘로 정성껏 武運長久(무운장구) 중에 長(장)자의 맨 꼬리 부분의 한 땀을 떴다. 목으로 땀이 흐르는 앳된 여인이 업은 아기는 오뉴월 삼복더위를 가려준 기름종이 우산 아래 고개를 꼰 채 잠들어 있다. 애기 엄마는 곧 징용에 나가는 남편 걱정이 깊은 얼굴로 소학생인 가비의 팔을 잡아당겼다.

"학상, 애 아버지가 곧 징용엘 나가게 되었어. 그냥저냥 하루살이로 살아왔는데, 전쟁터에 끌려가는 애 아버지 목숨이 돌아올지 모르는 판국이라 이 땡볕에 애를 업고 나온 거라우. 학상, 생각할수록 피가 바짝바짝 마르는 것만 같아서 고만…"

"네…"

얼마나 걱정이 되고 애가 타면 소학생을 붙잡고 호소를 하겠는가. 가비는 예배당에서 배운 도움의 말을 해주었다.

"애기 아버지는 꼭 돌아오실 거예요. 그렇게 간절하게 바라고 믿고 있으면, 꼭 그렇게 될 거니까요. 아주머니. 매일 아기하고 꼭 그렇게 될 것을 바라면서 믿고 기도하셔요!"

가비는 쓸쓸하고 슬프다. 야마다 교장과 싸우고 우는 가즈오 엄마 에이코에게 자기 엄마 장순이 해준 말을 생각하며 가비는 멈춰섰다. 붉은 수실로 武運長久(무운장구)의 글자를 천 사람의 여자가 무명천에 한 땀씩 수繡를 놓는 희망의 수건이었다. 여자들이 큰길에서 징병 나가는 남자 식구가 무사히 돌아오기를 간절히 바라는 마음으로 천 사람 정도의 수많은 여자가 정성껏 빨간 수실로 한 바늘씩 뜬 희망의 수틀이었다. 그토록 천 사람의 많은 여자가 한마음으로 기원한 무운장구라면, 감히 전장의 총알도 피해 갈 것이란 강렬한 소망이 배어 있는 수였다.

  남자가 징병에 나가는 집에선 어머니와 아내와 누이들이 팔월 햇볕이 포탄처럼 쏟아지는 거리로, 출전 병사의 정신으로 나간다. 武運長久(무운장구)와 無事歸還(무사귀환)의 소망의 글자를 한 땀씩 빨간 실로 받는 건 여간 고된 일이 아니었다. 한 여자가 두 땀을 떠도 안 된다. 천 사람 정도의 수많은 여자가 반듯이 한 땀씩만을 떠야 한다. 그런 엄한 규칙이었다. 그렇게 조선 남자들은 일본전쟁의 총알받이로 징용에 끌려 천 사람의 여자가 빨간 수실로 한 땀씩 뜬 무운장구 수건을, 전장의 총알도 비켜갈 것이란 염원의 혼이 서린 수건을 머리에 매고 나간다.

  징병徵兵나가는 남자들은 목적지가 어디인지도 모르는 기차에 실려 떠나가곤 하였다. 일본이 일으킨 태평양 전쟁의 총알받이로 실려 가는 식민지 조선남자들은 숨었다가 도망을 갔다가도 결국은 붙들려오고야 만다. 그만큼 조선의 땅은 좁고 먹을 식량이 부족해

제2부 빨간 눈물과 바늘 59

서 아사 직전에 스스로 돌아올 수밖에 없는 처지라고 하였다.

가비가 나이 많은 아주머니에게 붙들려 마지막 남았던 한 땀을 떠 주자 무운장구의 붉은 글씨가 매듭지어졌다. 武運(무운) 長久(장구)의 뜻을 생각하며 울적한 기분으로 돌아서는 가비에게 아주머니가 학상, 하고 불렀다. 가비가 돌아서자 농부가 쓰는 챙 넓은 밀짚모자를 쓴 중년 아주머니가 물었다.

"혹시, 학상은 도라도시[寅年] 아닌가…?"

"호랑이 띠요…? 나는 그렇게 무서운 띠가 아닌데요."

"그럼, 무슨 띠인데…?"

"토끼띠요."

"그럼, 됐구먼."

가비는 그 아주머니가 왜 도라도시 띠를 묻는지, 미소가 나온다. 바로 엄마가 호랑이띠라 아기 업고 센닌바리를 만나면 서른 번이 넘는 바늘을 뜨노라면 여간 애를 먹는다는 걸 가비는 알고 있었다. 두 여인을 뒤로하고 걸음에 속도를 내며 가비는 생각한다. 호랑이띠 여자는 센닌바리를 만나면, 자기 나이만큼 수바늘을 떠야 한다는 것도 규칙이었던 것이다. 한 사람이 꼭 한 바늘만 떠야 하는 것이 규칙인 것처럼. 엄마는 등에 업은 아기가 칭얼거릴 때도 수를을 못 본채 그냥 지나치지 못하였다. 바로 두 달 전, 방앗간 지하에 숨어 있던 남자 동생이 까치집이 된 머리를 깎으러 새벽에 간 지하실 움막 이발소에서 징병에 붙잡혀 간 사연 때문이었다.

마음이 급한 가비가 사거리를 건너려고 돌아섰을 때였다. 허리 아래가 불룩한 소련군 같은 국방색 군복 바지 다리에 각반脚絆을 찬 일본 순사 이시가와를 마주치고 말았다. 처음 혼자 책가방 조사를 당할 때처럼 떨 일은 없었다. 더구나 지금은 집으로 가는 길이었다. 그가 묻기 전에 똑똑한 가비가 말하였다.

"나는 지금, 우리 집에 가는데요."

"그런데 너의 아버지는 아직도 평양에서 돌아오지 않은 거냐?"

"네."

"이상하지 않으냐? 벌써 1주일이 넘었는데…?"

"평양은 여기서 아주 멀고, 조선의 어른 장례식은 5일까지도 걸린다고 들었으니까요. 그리고…"

"그리고라니, 또 뭐란 말이냐?"

조사당할 것이 없는 가비는 일본 순사가 두렵지 않고 싫었다.

"나, 빨리 집에 가서 애기 봐주고 저녁밥 먹어야지요."

"너의 엄마 장순은 집에만 있는 거냐?"

가슴을 진정시키기 위해 가비는 호르르 숨을 들이마시고 또박또박 말하였다.

"우리 엄마는 아기가 아파서 오늘도 〈건강병원〉에 갔다고 아침에 말했잖아요!"

"너의 아버지 가네모토 쇼이치는…?"

"홍…" 하더니 이시가와가 일본어로 중얼대었다.

"뭐, 하여튼 상관없다. 황국신민皇國臣民은 거짓말을 하면 안 된다는 걸, 너는 알지? 학교에서 배웠지?"

"네. 배웠어요."

조선의 딸은 영특하여 강하게 고개를 끄덕였다. 그러자 가즈오와 얼굴과 성격이 조금도 닮지 않은 그가 어조를 바꾸어 강하게 말했다.

"나는 바쁘다. 너는 끝까지 정직해야 한다는 걸 잊으면 안 된다. 작은 거짓말이라도 탄로가 나면 즉각 감옥소에 넣을 거니까. 엉…?"

이때다 싶어 가비는 얼른 사요나라(안녕)하고 인사를 하였다.

'나쁜 일본 순사…'

그가 가자 욕을 해주었다. 가비는 달아나듯이 뛰어가고 싶어도 이시가와가 돌아볼지 몰라서 또박또박 걷는다. 그가 뒤돌아볼까봐 느릿느릿 걷든다. 그가 가방 조사를 한 적이 있어서 겁이 나고 불안하여 머리가 아픈 가비는 뛰어가기 시작하였다.

가비는 너무 힘들다. 당장 눕고 싶다. 이시가와가 없는 곳에서 엄마와 아버지와 두 동생과 평화롭게 살고 싶은 세상은 어디에 있는 걸까…? 가비는 막 뛰어서 집으로 갔다. 다시 하루가 갔다. 어김없이 아침 점심 저녁때가 오고 가고 24시간이 가고 새날이 왔다.

아버지에게 가는 길

엄마가 미안한 표정으로 말한다.

"오늘 한 번 더 네가 아버지에게 가야겠다. 오늘 엄마가 몸살기가 있고 두통이 나서 고만 집에서 쉬었으면 한다. 저녁때 너하고 교대할 수 있을지도 아물아물 하구나. 그냥 잠자고 싶기만 하다."

"잘 갔다 올게요. 엄마는 뇌신 먹고 애기하고 자요. 그 순사 걱정은 하지 말고요."

가비는 집을 나왔다. 가즈오네 집을 내려다보았더니 송아지만한 세퍼트만 어슬렁거릴 뿐 사람은 아무도 보이지 않는다. 흐린 날씨에

까마득히 하늘 높이 떠가는 B29도 보이지 않고 바람도 불지 않는다. 바람이 살랑살랑 채소들을 흔들지 않는 돌담밭을 지나 부지런히 온천 앞까지 왔다.

온천 앞의 사람들을 보며 가비는 이상한 생각이 떠올라서 픽… 웃음이 났다.

유치원 다닐 때였다. 겨울이면 등과 가슴에 수수알 같은 피풍皮風이 돋았다. 가려워서 긁게 되는 겨울 피부병이었다. 가비가 엄마를 따라서 온천에 간 창피한 기억이 그때의 피풍같이 갑자기 생각났다. 어른인 아줌마들이 할머니도 뚱뚱한 배불뚝이도 모두 다 발가벗은 여자들이 이리저리 왔다가는 걸 본 가비는 너무 놀라고 창피해서 손으로 눈을 가렸다. 왜 5살 때는 몰랐던 목욕탕 풍경은 무슨 만화책을 본 것 같았다.

발가벗은 어른 여자들이 너무도 이상하고 우스웠다. 어떻게 어른 여자들이 다른 사람들 앞에서 발가벗은 채, 목욕탕 안을 왔다 갔다 하는 걸까? 가비는 엄마가 일어서게 하고 세게 비누칠을 해 줄 때 창피해서 아프단 말도 하지 않았다. 그 후 가비는 겨울이 오고 가도 피부병이 아파도 온천엔 안 간다고 떼를 썼다. 대신 엄마가 내복 윗도리를 벗고 장작불을 끈 새 수수비로 가슴과 등을 쓸어주었다. 놀랍게도 시원한 느낌이 들고 수수알 같은 피풍이 점차 사라졌다. 소학생이 된 겨울부터는 피부병이 돋아나지 않았다. 이상하고 신기한 엄마의 전래동화 같은 치료법이 신묘한 효험을 냈던 것이다.

가비는 키 큰 수수나무의 잎이 바람에 스칠 때마다 나는 사스락사스락 소리가 다정하고 그윽하여서 좋았다. 기분 좋은 수수밭을 지나고 익기 시작한 사과가 주렁주렁 달린 동화책의 그림 같은 풍경에 가비의 눈은 반짝거렸다. 사과처럼 붉어진 뺨으로 가비는 귀 한쪽 없는 과수원 책임자 아저씨에게 어저께처럼 엄마의 말을 전하였다.

넓은 과수원을 지나고 가비는 산을 향하여 뛰기 시작하였다. 끝내 일본식으로 성과 이름을 고치라는 창씨개명創氏改名 지령에 불복하여 옥사한 부자인 할아버지에게 물려받은 야산에 가비 아버지 김순일은 수천 그루의 소나무 전나무 숲을 일구었다. 과수원 옆 비탈진 자락엔 여름이면 향기를 뿜고 하얀 꽃이 달콤한 꿀을 주는 아카시아를 심었다.

김순일은 가구의 재목뿐 아니라 온돌난방식인 우리 조선의 화목火木으로도 쓰임새 있는 전나무 소나무 옆 공지의 잡목 숲을 일구었다. 옥사하신 반일파 할아버지의 늠름한 전나무 소나무 동산은 쨍쨍한 햇볕에 졸고 있었다. 주위가 무섭도록 조용하였다. 우람한 소나무 숲 아래로 무성한 도토리나무 단풍나무들 아래 갈대숲도 무더운 노곤함에 고개를 꼬고 졸고 있다. 가쁜 숨을 고르며 가비는 키 큰 나무 중에서 유독 몸통이 굵고 키가 하늘을 찌를 듯한 전나무 앞에 멈춰 섰다.

환상적인 기분이 들도록 매미 쓰르라미가 열창을 뽑아내었다. 짧은 순간, 가비는 안도의 심호흡을 토해내었다. 어디서 몰려왔는지 조용한 갈대숲을 헤치며 샤아… 샤아… 하는 바이올린 음향을 내며 후덥지근한 날씨에 물을 뿌린 듯, 한 줄기 바람이 지나간다. 그밖에 위협적인 동물의 움직임이나 조심성을 유발하는 것은 아무 것도 없다. 그래도 겁 많은 다람쥐처럼 주위를 한 번 더 휘돌아본 후에 가비는 마른 청솔가지들을 헤치고 가마니를 들추었다. 굴의 입구는 허리를 구부려야 할 정도였다. 익숙한 가비는 잽싸게 굴속으로 몸을 밀어 넣었다.

희미한 등잔불 옆에 창백한 아버지는 병든 산짐승처럼 웅크린 모습이었다. 오늘따라 한층 섬뜩한 느낌이 들었다. 턱과 양쪽 귀 밑으로 더부룩하게 자란 수염이 흡사 가즈오의 일본 만화책의 도둑놈 같아 보였다. 지푸라기 냄새가 나는 아버지가 기침을 하며 콩밥을 먹고 감자국 그릇을 비워내고 말하였다.
"가비야. 오늘도 수고했다. 손수건으로 이마의 땀을 닦아라."
아버지가 불쌍해서 가비는 울컥 눈물이 고이고 다음 순간 할머니 말이 떠오른다.
"그나마 여름철인 게 다행이지. 겨울철이었으면 폐 앓는 네 아버지가 산굴 속에서 덜덜 떨다가 죽었을지도 모른다."
눈물을 참고 있는 가비는 주전자에 어저께처럼 자기가 메고 간 국방색 물통의 보리 물을 따라놓고, 약봉지에서 오늘 드실 약을 쟁반 위에 있는 성경책에다 챙겨 놓았다. 아버지 서재의 작은 도서관 같은 책은 한 권도 없다. 등잔불이 아니더라도 아버지 체력으로 독서는 불가능하니까. 기침을 한 아버지가 어서 원두막에 가 있으라고 손짓을 하였다.
"오늘도 빈 그릇은 저녁때, 엄마가 가져갈 거다. 그러니 넌 원두막에서 좀 쉬었다 가거라. 숙제 같은 것도 하지 말고, 그냥 눈 감고 쉬어라. 굴을 나갈 때는 오늘도 긴장하고 조심해서 나가야 한다."
"네. 아버지, 걱정 마세요!"
가비는 오늘따라 멀리 떠나는 것처럼 공손한 절을 깊게 하였다.

그리고 날렵하게 굴을 빠져나왔다. 가비는 늘 아버지에게 위로의 말을 하고 싶은데도, 다소곳하게 속으로만 생각하고 그냥 나오곤 한다. 길게 설명하면 왠지 슬픔이 터질 것 같은 기분이 들기 때문이었다. 더 많이 생각한 말들을 꾹 참은 가비는 눈시울에 눈물 고인 눈을 감는다.

자기에게도 아무 말 없이 홀연히 가출한 불쌍한 금자는 어디로 간 걸까. 금자도 아버지 징집문제로 불행한 내가 만나지 못하고 있는 내 마음을 느낄까…? 가비는 안심한다. 말로 설명하지 않아도 인간은 서로의 감정이 통하는 감성적인 정신의 소유자라고 배웠다.

굴에서 나온 가비는 아버지에게 바람이 잘 통하도록 먼저 것들을 치우고 새 청솔가지들로 정성껏 굴을 덮었다. 그리고 가비는 산길을 타달 타달 내려갔다.

무성한 녹음을 뚫고 매미 쓰르라미의 열창은 여름 곤충들의 짧은 생을 위한 장송곡인 걸까. 사위는 교교하고 푸드덕거리며 날던 산 까치 한 마리도 보이지 않는다. 앞발과 뒷발 사이의 비막飛膜을 좍 펴고 이쪽 저쪽 나무들을 가로질러 건너다니는 하늘다람쥐 한 마리도 보이질 않는다.

갈대 하나를 꺾어 뺨을 간질이면서 가비는 사과 익는 냄새가 휘도는 과수원 원두막으로 갔다. 구니모토 담임선생이 반장인 가즈오와 부반장인 가비에게 준 까만 운동화를 벗어놓고, 아버지에게서 나는 냄새와 같은 새명석의 지푸라기 냄새를 맡으며 발을 뻗고 편하게 앉았다. 손에 쏙 들어가는 빨간 하모니카를 가방에서 꺼내었다. 경성 신문사에 다니는 일본 유학 친구를 만나러 갔던 아버지가 사준 예쁜 하모니카는 가비에게 안도의 휴식을 주는 원두막의 친구였다.

가즈오도 좋아하는 〈아 목동아〉의 멜로디가 매미 소리에 실려 소록소록 사과 익는 과수원으로 발레를 하듯 아버지 방의 유성기 음악 소리처럼 스며들어 갔다. 산골짝마다 눈이 쌓이고… 반쯤 불었을 때. 과수원 초입에 저녁에 오기로 한 엄마의 모습이 보였다. 며칠 동안 못 온 아버지를 위해 차도를 보인 아기를 할머니 댁에 맡기고 온 엄마는 가비가 홰홰 젓는 손깃발을 보지 못한다.

가비는 급히 운동화를 신고 냅다 뛰기 시작하였다. 큰아버지의 까만 제비 자동차만큼이나 속력을 낸 기분으로였다. 아버지의 저녁밥과 참외 썬 찬합이 든 수건을 구겨 넣은 허름한 망태기를 들고 오는 엄마 눈의 달그림자 같은 비애를 가비는 느끼고 알고 있었다. 오늘은 이시가와 순사를 만나지 않았다는 말에 엄마는 포수에게 쫓기는 어미 노루처럼 과수원 뒷산으로 달려가기 시작하였다.

특히 엄마는 가비의 봄가을 운동회 때마다 학부모 경주에서 일등상을 타오는 달리기 선수였다. 엄마는 붉은 칠이 반들반들한 쟁반이랑 노란 양은 주전자와 벚꽃 그림이 앙증스러운 일본 밥공기 상품들을 타올 때마다 대청마루 뒤지 위에 차려놓고 우등상장처럼 손님들에게 자랑을 한다. 상품마다 대회 이름과 날자 쓴 메모지를 붙여놓은 걸 본 과묵한 아버지가 언젠가 '아이 셋 낳은 네 엄마의 소녀취미도 꽤 볼만하구나' 하고 가비에게 아버지 특유의 덧니 미소를 보인 적이 있다.

아픈 아기 때문에 며칠 만에 아버지에게 오는 엄마를 본 가비는 다시 원두막으로 올라갔다. 까슬까슬한 멍석에 누워 새 짚풀 냄새를 맡으며 가비가 가물가물 선잠이 들어갈 즈음, 이상한 느낌에 눈을 뜬 가비는 송곳 같은 비명을 질렀다. 낮도깨비 같은 이시가와 눈앞에 우뚝 서 있는 것이었다. 사냥꾼에게 들킨 새끼 꿩처럼 가비는 고개를 꼬고 몸을 오그라뜨렸다. 그리고 공포와 맞서려는 방어본능으로 두 주먹을 움켜쥔 채, 적군에게 대항의 총구를 겨누

듯 악을 썼다.

"가, 가. 이, 나쁜 일본 순사 놈아 가, 가아!"

이시가와가 불처럼 화를 내며 가비의 팔을 홱 잡아채어 일으켜 세웠다.

"너의 엄마 장순은, 어디 갔니? 엉…?"

"우리 엄마 집에 있어요. 아기가 아파서 〈건강병원〉 갔다가 집에 있어요. 어저께 말 했잖아요…? 아기가 아파서 나 혼자 원두막에 공부하러 오는 거라고…?"

속으로 바들바들 떨면서 가비는 그에게 악을 썼다.

"너, 감옥소에 넣어야겠다. 내가 장순이 이리 오는 걸 확실히 보았는데, 그래도 거짓말할 거냐. 엉…?"

가비는 고개를 저으며 정말이라고 항거하였다. 이시가와가 장순이 오는 것을 보고 과수원 밭둑에 잠복했었다는 걸 가비는 알리가 없다. 거짓말 아니라고 억울하게 잡힌 죄인처럼 가비는 계속 박박 우겨댈 따름이었다.

이시가와가 가비와 실랑이를 하는 동안 산에서 내려오는 장순의 모습이 이시가와와 가비 시야에 동시에 잡혔다. 둘은 누가 먼저랄 것도 없이 후다닥 뛰기 시작하였다. 산 아래로 내려오는 장순을 본 가비는 정신이 아찔하였다. 의기양양한 이시가와는 위협적인 바람을 일으키며 다짜고짜 장순의 따귀를 갈겼다. 어찌나 세게 쳤는지 왜소한 이시가와와 키가 맞먹는 장순은 땅바닥에 벌러덩 나뒹굴고 말았다. 동시에 장순이 들고 있던 양은그릇 속의 수저가 금속성의 비명 소리를 지르며 땅바닥으로 굴렀다. 부릅뜬 눈으로 이시가와가 뇌성 소리를 질렀다.

"이 나쁜 장순! 이게 뭐지. 엉…?"

분이 오른 그는 축구공을 차듯 빈 그릇 보자기를 군화발로 힘껏 걷어찼다. 그 속의 양은그릇 부딪는 소리가 저녁 햇살을 받고 익기 시작한 사과밭 멀리 대굴대굴 굴렀다.

"장순! 당신 남편 가네모토 쇼이치 있는 곳을 대라. 빨리 앞장서라. 빨리, 빨리…"

조선인 징병 담당자 일본 순사는 있는 힘을 다하여 뻗대는 장순을 산길로 질질 끌고 올라간다. 가비는 악을 쓰며 각반 친 그의 정강이를 잡고 이 악물고 힘을 써도 역부족이었다. 장순이 바닥에 털썩 주저앉고 말았다.

"고노 와루이 장순!(이 나쁜 장순!) 가네모토는 어디 있느냐? 빨리 대라. 빨리! 가네모토가 있는 곳을 빨리 빨리 대라. 빨리!…"

제2부 빨간 눈물과 바늘

그때 가비가 심장을 쥐어짜는 듯한 울음을 터트렸다.

"앞장서란 말이다. 하야쿠. 하야쿠!(빨리빨리) 엉!…"

절망적인 장순은 피가 돋도록 입술을 깨물 뿐, 바닥에 두 다리를 뻗고 넋이 나간 채였다.

"어차피 가네모토 쇼이치는 내가 잡고 만다. 자수하지 않고 체포되면 당장 총살감이란 말이다. 엉."

의기충천한 이시가와의 뱁새눈은 독이 오를 대로 올라 핏발이 섰다. 그는 발로 땅을 쿵쿵 짓찧으며 술래잡기를 하듯 울창한 전나무 숲을 몇 번이고 뺑뺑 돌았다. 독하고 끈질긴 그는 이윽고 마르지 않은 소나무 청솔가지가 덮여 있는 곳을 찾아내었다.

아까 굴에서 나온 가비가 정성껏 새로 꺾어다 덮어놓은 나뭇가지들은 시들지 않아 징표가 된 것이다. 독이 오른 이시가와는 새로 덮은 나뭇가지들을 헤쳐내고 국방색 윗옷을 위로 벗어 던졌다. 그리고 죽을힘을 다하여 잡고 늘어지는 장순을 밀쳐내고 굴속으로 잽싸게 몸을 들이밀었다.

체포

"아버지! 아버지이…! 이시가와 순사가 굴로 들어가요오! 아버지이…"

"아버지이! 이시가와가 굴로 들어가요. 아버지이."

가비는 두 손으로 자기 가슴을 쾅쾅 치고 발을 구르며 부르짖는다. 마침내 일본 순사가 허수아비 몰골인 징병 도피자를 굴에서 끌어내었다. 양양한 이시가와는 기어코 체포하고만 가네모토 쇼이치 손목에 철컥 수갑을 채웠다.

창호지 색으로 질린 김순일 얼굴은 낭패와 공포에 찬 참담한 모습이었다. 순간, 그가 아득한 하늘을 올려다보았다. 하얀 구름이 움직이는 옆으로 B29가 느릿느릿 가고 있었다. 가비가 저렇게 큰 쇠로 만든 비행기가 그것도 엄청 많은 짐을 나르기 위해서 하늘 길로 가고 있다는 것에 의문을 가졌을 때, 구니모토 선생님은 어디로 가는 것인지는 자기도 모른다고 고개를 돌리었다.

가비가 아버지 옆으로 가자, 이시가와가 비키라고 소리 지르고 수갑 찬 김순일 허리를 묶은 밧줄을 끌고 걷기 시작하였다. 미친 여자같이 옷이 찢기고 머리채가 풀리고 헝클어진 장순은 아버지를 따라가며 가비에게 큰 소리로 외쳤다.

"가비야, 빨리 가서 큰아버지와 할머니께 말해라. 아버지가 굴에서 붙잡혀 나왔다고…."

죄인처럼 끌려가는 순일은 미친 여자 형국인 아내를 질린 눈으로 돌아보곤 하였다. 그의 눈엔 극한의 불안이 스민 얼음 같은 고독이 배어 있었다. 심한 기침을 한 김순일이 치 떨리는 음성으로 말하였다.

"가비 엄마! 빨리 가서 형님과 어머님께 간곡히 말씀드려요. 아주 급박한 사태라고요."

"가비가 뛰어갔어요."

고개를 끄덕인 순일은 가느스름한 눈으로 티없이 까마득한 하늘의 B29가 그어놓고 간 하얀 포물선을 의미심장하게 바라볼 뿐이었다. 식민지 백성의 분노가 뼛속 깊이 사무친 눈빛이었다. 장순은 어금니를 깨물고 따라가고 있고, 이시가와는 마냥 의기양양하였다. 신출내기 순사인 그는 자기 책임을 완수한 얼굴이었다.

이미 가비의 입은 가뭄을 탄 논바닥처럼 목이 탔다. 연신 풀무질을 해대는 풍로처럼 가쁜 숨이 차올랐다. 금방 쓰러질 것 같아도 그래도 가비는 안간힘을 내어 계속 뛰었다. 숨이 끊길 것 같아도 절대로 멈출 수가 없었다.

'아버지, 아버지 이……'

숨이 턱에 차서 뛰고 뛴 가비는 할머니 댁 대청마루 끝에 고개를 찧고 쓰러졌다. 큰엄마가 준 보리차 물을 먹은 가비는 마구 울어대었다.

"할머니! 아버지가 붙잡혀 갔어요. 이시가와가 굴에서 아버지를 끌어냈어요. 수갑을 채우고 끌고 갔어요! 엄마는 이시가와가 발로 차고 따귀를 막 때려서 옷이 찢어지고 미친 여자같이 되었는데, 수갑 찬 아버지를 따라갔어요."

가장 놀란 건 노마님이었다.

"얼른 나가서 알아보아라. 가비 아범을 꺼내놓고 봐야지, 와이로(뇌물)는 생각 말고 어서 서둘러라. 읍사무소로 어서, 빨리 나가봐라!"

끝내 가네모토 쇼이치는 구속되었다. 김순일이 구속되고 절망적인 하룻밤이 지났다. 가비도 엄마처럼 잠들지 못하였다. 벚나무에 매달린 전등불에 마당은 환하였다. 가비가 소학교에 입학한 봄, 잠자던 가비가 벚나무 가지에 코알라처럼 엎드려 있는 걸 발견한 아버지가 대문 옆 벚꽃나무에 전등불을 달아서 환하였다. 가비의 몽유병은 그 후로도 일 년 넘게 부모의 애를 태웠다. 더 간 떨어질 일은 달빛 밝은 밤. 자던 딸이 뒤란의 우물을 들여다보고 있는 게 아닌가. 다음 날로 아버지는 우물에 펌프를 묻는 대공사를 벌였다. 전망 좋은 집을 짓기 위해 아버지가 손수 설계한 양옥집이었다.

'아버지, 아버지, 우리 아버지이!'

사흘이 되도록 남편 면회를 거절당한 장순은 조선인 징병 담당자 이시가와 순사에게 경찰서장을 만나게 해달라고 요청하였으나 한 마디로 내쫓기었다. 읍사무소에서 일본인 일을 돕는 친일파인 큰아버지 준이치도 별 힘이 되지 못하였다. 가비는 책상에 엎드린 채 아버지를 위하여 예배당에서 배운 기도를 하고 또 하였다.

마침 일요일이었다. 아기 업은 엄마가 가비와 예배당으로 갔다. 예배당은 가비와 가즈오가 다니는 학교 강당이었다. 일요일에만 예배당으로 사용한다. 다행히 오늘 아기는 장순의 등에서 잠이 들었다. 어떤 날은 아기가 깨어 칭얼거려서 아기에게 젖을 물리기 위해 밖으로 나가야만 했다.

아버지가 체포되고 나흘째 날이었다. 비가 내린다.

우울한 가비는 대청마루 둥근 탁자에서 여름방학 숙제를 하고 있었다. 생각이 어지럽고 고단한 장순은 아기를 재우려고 방으로 들어가자 "장순!" 하고 이시가와가 부르는 소리가 들렸다.

"장순!" 하고 크게 부르면서 검정색 헝겊 우산 쓴 이시가와가 마루 앞으로 왔다. 장순은 공처럼 튀어나왔다.

"장순. 저녁 6시 30분에 읍사무소로 오시오!"

딱딱거리고 명령을 한 이시가와는 기름먹인 지우산이 아닌 팽팽한 까만 천 우산을 쓰고 대문 밖으로 나갔다. 당당한 모습이었다. 장순은 면회를 시켜주지 않아 남편이 약을 먹지 못하는 것이 큰 걱정이었다. 그런데 읍사무소로 오라는 것에 장순과 가비는 희망을 품었다. 가비가 사거리 은행에서 예금을 찾아왔다.

오후가 되면서 비가 더 세차게 내린다. 마루에 웅크리고 앉아 그칠 기미가 없는 빗줄기를 응시하고 있는 장순은 수심 깊은 한숨을 내쉬었다. 이시가와가 6시 반에 오라고 한 말에 면회의 숨통은 트였으나, 만약 돈이 적다고 받지 않는다고 하면…? 이시가와가 돈 봉투를 순순히 받아야 할 텐데…? 왠지 예감이 이상하다. 뭔지 모르게 이상한 느낌이 들었다. 무엇보다도 사흘이나 먹지 못한 약을 계속 먹지 못하게 된다면, 가비 아버지는…?

장순은 생각을 헤집어 본다. 지난번에도 6시 반 호출이었다. 직원들이 다 퇴근한 읍사무소에서 단독 면담이었다. 시간을 끌며 느물거리던 그가 급기야 돈 봉투를 슬쩍 바지 주머니에 찔러 넣었다. 다행이었다. 싱글거리며 징그럽게 굴고 빨리 보내주지 않아 불안했던 것 말고는 별다른 해코지는 없었다. 하지만 왠지 이번 호출은 본능적으로 그물망 같은 것이 있을 것 같은 불안감이 들었다. 세찬 폭풍우에 대나무 우산 살이 염려되어 장순은 우비를 입고 빗속으로 나갔다.

감기약 먹고 잠들었던 가비는 이불을 박차고 일어났다. 벽시계는 7시가 넘어 있었다. 엄마가 나가고 1시간 가까이 된 것을 본 가비는 쫓아오는 맹견으로부터 도망을 치듯 우비를 걸치고 읍사무소로 뛰어갔다. 엄마가 들어간 읍사무소 정문은 잠기지 않고 이시가오가 취조하는 사무실은 열리지 않았다. 유리창 문에 엄마가 이시가와와 몸싸움하는 걸 본 가비가 주먹으로 유리문을 치며 소리쳐도 안의 반응이 없다.

조금 후, 이시가와 발길질에 엄마가 이시가와 숙직실로 쓰러진 것을 본 가비가 주먹으로 유리문을 마구 두드렸으나 이미 숙직실 문은 닫힌 후였다.

장순은 체포되어 사흘째 폐결핵 약을 못 먹은 남편에게 약을 먹게 해야 하는 절대 절명의 의무자임에 오직 눈물을 삼킬 따름이었다.

"대체 내가 이따위 걸 요구했단 말이오? 아름다운 장순은 보기보다 머리가 상당히 나쁜 옥상이오."

북어포가 되도록 두들겨 패주고 싶은 일본 순사는 당당하게 돈봉투를 밀어내었다.

"이시가와 씨, 제 남편은 약을 먹지 않으면, 징용이고 뭐고 허사가 됩니다. 부디 이 약을 먹게 해주세요. 간청합니다."

"무슨 말이오? 절대로, 안된단 말이오."

"무슨 뱀 짖는 소리인가?"

한 발 뒤로 물러선 장순은 순간, 어떤 말로도 변명을 할 수도 없다고 깨닫는다. 절박한 장순은 바닥에 주저앉고 말았다. 머리가 핑 돌고 정신이 팔랑개비처럼 돌며 희미해져 간다. 이시가와는 담배를 끄고 또박또박 말하였다.

"가네모토 쇼이치가 광복군에게 지원금을 준다는 증거서류가 본부에서 내려왔소. 그 증거서류를 말단직인 내가 어떻게 처리하겠소? 엉…? 하며 그가 장순을 끌어당겼다."

"아름다운 장순! 내 감정이 좋다는 걸 당신은 알고 있다고 나는 생각한다."

이상한 눈빛으로 다가오는 그에게 장순은 외마디 소리를 질렀다.

"나는 임신한 몸입니다."

"뭐야…? 그따위 거짓말이 다 뭐야…?"

장순은 과수원 문서도 집문서까지 다 내놓겠다고 애원하였다.

"부디, 제 남편을 면회시켜 주세요. 이 약을 먹게 해주세요. 당신 둘째 형 건강병원의 야마다 원장이 조제해 준 약입니다. 이 약을 먹지 않으면 저의 남편은 조헤이(징병)보다 먼저 사망하게 됩니다."

"안 돼. 그래도 안 돼! 본부에서 서류가 온 이상, 나는 말단 지위야. 이따위 봉투가 필요 없어. 당신을 원한단 말이야!"

장순은 도무지 어떻게 집으로 왔는지, 빗물이 흥건한 마당의 장대비를 온몸으로 맞으며 가비가 흔들댈 때까지 혼절한 상태였다.

구니모토 센세이와 이별

 김순일이 리어카에 실려 집으로 오는 일이 발생하였다. 인생은 한 치 앞을 모른다는 말을 인식시키듯, 가비 집에 믿을 수 없는 일이 발생하였다. 햇볕 환한 한낮에 김순일이 말단 일본 순사 리어카에 실려 집으로 왔던 것이다. 기적이었다. 찰거머리처럼 악착같은 이시가와도 심한 기침을 할 때마다 피를 토하는 결핵 환자를 더는 붙잡아 둘 수가 없었던가 보았다.
 장순은 남편 간호에 매달렸다. 그런 엄마를 보는 가비는 한순간 깨닫는다. 엄마의 치욕은 나라 빼앗긴 조선 아내가 도저히 어떡해도 피할 수 없는 피 맺힌 환난이었다. 오직 목숨이 경각에 달린 남편을 징병의 사지에서 구해내기 위한 식민지 조선 아내의 치 떨리는 오욕이었음을.

가비는 엄마가 당했을 씻을 수 없는 능욕에 분노와 비애를 질끈 눈 감은 채, 으지직 여린 입술을 깨물었다. 날씨는 연일 살인적인 뙤약볕을 쏟아내었다. 순일은 건강병원 원장의 약과 사흘마다 왕진오는 건강병원 간호부의 영양제주사의 효험이 있는 것 같았다. 장순이 정성으로 달이는 한약이 점차 차도를 보인다고 노마님은 장죽의 재를 놋 재떨이에 털곤 하였다.

평화로운 오후에 구니모토 담임선생이 가정방문을 왔다. 구니모토는 가비 엄마에게 예의 바르게 인사하고, 가비를 데리고 뒷동산으로 갔다. 봉분 주위로 자주색 할미꽃들이 달무리처럼 피어있었다. 가비가 '아유 예뻐' 하고 혼잣소리로 기쁨을 뿜어낼 만큼 할미꽃 무리는 예뻤다. 돌담 아래 드넓은 밭에는 보라색 도라지꽃들이 잔물결치는 파도처럼 멋진 그림 같았다. 가비는 한 번도 가본 적 없는 바다가 보고 싶어서 먼 눈길로 조가비 미소를 지었다.

구니모토가 말하였다.

"눈과 마음을 시원하게 씻어주는 채소밭이 저토록 세계적인 미술작품 같은 채색인 것을, 나는 처음 본다."

가비는 학교 갈 때, 조금은 돌아도 조용한 이 밭길로 간다고 자랑하였다. 또 집에 올 때는 거의 가즈오와 같이 이 길로 온다고 생긋 웃었다. 기분 좋은 구니모토는 키가 큰 전나무 산을 둘러보았다. 성과 이름을 일본식으로 바꾸라는 명령을 어긴 애국자 할아버지의 위업을 이어받은 김순일의 전나무 숲은 위엄 있고 울창하였다. 그늘진 너럭바위에 앉은 구니모토가 위로의 말을 꺼내었다.

"야스히. 내가 확인해 보았는데, 너의 아버지 가네모도 쇼이치는 요주의 대상자 명단에 중환자라는 단서가 첨부돼 있었다. 그러니까, 너는 아버지 조헤이 문제는 이제 안심해도 된다. 너에게 그 말을 해주고 싶어서 온 것이다. 이제는 더이상 조헤이 문제로 걱정하지 않아도 된다. 알았지 야스히!"

"감사합니다. 구니모토 선생님."

가비는 일어나서 감사의 절을 공손히 하였다.

"야스히. 이제 너도 아버지 조헤이 문제로 걱정하지 않아도 된다. 알았지?"

안도한 가비는 다시 일어나서 공손히 일본식 절을 하였다.

"야스히도 알겠지만, 나는 일본인이니까 언제고 일본으로 갈 것이다. 하지만 야스히, 모쪼록 너는 건강해야 한다. 너의 아버지처럼 허약한 병을 앓는 소녀가 되면 절대로 안 된다. 알겠니?"

가비가 고갯짓 수긍을 표하였다. 신뢰의 표정을 지은 구니모토가 가비의 이마를 짚어보고, 아직 열이 있는데 약을 잘 먹고 있느냐고 물었다. 수줍은 가비는 〈건강병원〉의 약을 지시대로 시간 맞춰서 먹고 있다고 침착하게 대답하였다. 구니모토는 안도한 얼굴로 가비를 마주 보고 말하였다.

"야스히, 장차 네가 커서 이루고 싶은 꿈이 무엇인지 듣고 싶다. 솔직하게 말해보아라."

복숭아꽃이 황홀한 비단 자락같이 펼쳐진 노을진 과수원에서 아버지의 일본 유학 친구이자 조선에서 제일 큰 경성 신문사 정치부 기자인 고진의 아저씨 앞에서 고백한 희망을, 가비는 또박또박 말하였다.

"나는 신문기자가 되고 싶어요. 그리고 가즈오처럼 오르간을 잘 치고 싶고, 가장 하고 싶은 건, 〈빨간 머리 앤〉 같은 책을 쓰고 싶어요!"

구니모토의 눈이 커진다. 식민지 조선의, 그것도 경성이 아닌 소읍의, 신문이 무엇인지도 모를 여자 소학생이 신문기자의 꿈을…? 오르간을 잘 치고 싶다는 것은 가장 안이한 소망이지만, 〈빨간 머리 앤〉 같은 문학작품을 쓰고 싶다는 말은, 몹시 놀라웠다.

김순일이 동경 유학 친구를 만나러 경성에 갈 때, 소학교 1학년 여름방학 때 가비를 데려갔었다. 순일은 진고개(충무로)에 있는 제비 다방에서 빵떡모자(베레모) 쓴 친구를 만났다. 그날 가비는 난생 처음 오트밀이라는 서양죽을 먹고 고히(커피)를 마시는 아버지와 신문기자 아저씨의 대화를 조신하게 귀 기울여 들었다.

그날 수원에서 갈아탄 집에 가는 기차에서 아버지는 고진의 아저씨가 일본에서도 제일 유명한 대학을 다닌 수재라고 친구자랑을 하였다. 그렇게 실력이 있어서 우리나라 경성에서 제일 큰 신문사의 정치부 기자라고 흐뭇한 미소를 지으셨다. 노을진 과수원에서 아버지는 폐병 재발로 중도에 돌아온 유학을 아쉬워하며 각별한 친구에게 딸의 장래를 부탁하였다.

그리고 얼마 지나지 않았을 때였다. 고진의 아저씨는 태평양 전쟁은 일본에게 불리하다는 기사를 쓴 탓에 실리지도 못한 그 기사로 인해 수배 인물이 되고 말았다. 고향이 함경북도인 아저씨는 수배 인물이 되자, 가장 친한 일본 유학 친구인 아버지에게로 피신을 오게 되었다. 하얀 사과나무 꽃 옆으로 복사꽃 무리가 새색시의 연분홍 치마처럼 화사한 과수원에서 아저씨는 여름 한 철을 숨어 지내었다.

가느스름한 시선으로 찬란한 주황색 너울 같은 일몰을 바라보며 아버지는 진지한 모습으로 술잔을 들고 있는 친구에게 의미 깊은 말을 꺼내었다.

"몸이 허한 내가 혹여 어떻게 되면, 자네가 이 애의 진로를 맡아 주게. 나약해 뵈는 딸아이지만 두뇌가 우수하고 공부 기질이 강하고 나와는 다르네. 자네의 신문기자가 세상에서 가장 훌륭한 직업이라고 했더니, 자기도 신문기자가 되겠다고 결심한 딸이라네."

"걱정 말게. 우리 인생이 어떻게 흐를지 알 수 없지만, 나를 믿게. 확고한 꿈이 있는 조선의 뛰어난 딸을 내가 책임지고 공부시키겠네. 믿게."

"믿으니까, 내가 그 어려운 부탁을 한 거지! 고진의는 의리 깊은 친구이고 최고이니까."

빙글 미소를 띤 고진의가 기특하여 가비의 머리를 쓰다듬어 주었다. 그날따라 과묵한 아버지는 놀랍게도 마음을 열고 몇 년 만에 막걸리를 마시고, 유일한 친구에게 여러 속말을 하였다. 취기가 돈

아버지는 기침도 하지 않고 화신백화점에서 인형 대신 처음 본 지구의를 사달라고 조른 딸 자랑을 하였다.
 "연약해 뵈는 겉보기와 달리 이 아이 지구의를 며칠 동안 보고는 장차 자유로운 세상이 되면 우리나라를 식민지로 빼앗은 일본을 제일 먼저 가보고 싶고, 미국 영국 불란서 남미와 아프리카 중국까지도 유럽의 여러 예술적인 나라들을 가보고 싶다고 했네. 지리 시간에 유럽의 많은 나라는 문학 미술 음악가 등 예술가들이 많은 곳이라고 해서 아버지에게 지도를 받고 여행후원을 받으면 꼭 가보겠다고 한참 동안 동그랗게 뜬 눈으로 먼 하늘을 응시하더군."
 결혼 안 한 고진의 아저씨가 흐뭇한 미소를 지으며 말하였다.
 "그러니까, 순일의 딸은 세계 일주를 꿈꾸고 조선의 여자 기자가 될, 훌륭한 재목이군. 장래 희망이 꿈을 이루는 씨앗임을 아는 훌륭한 딸일세."
 "우리 내외가 화신백화점엘 데려갔을 때 인형을 마다하고 이 세상의 나라들이 다 그려져 있다고 했더니, 소학교 1학년짜리가 지구의를 사달라고 떼를 쓰는 바람에 아내보다 내가 더 놀랐다네."
 "……"
 구니모토 담임 선생님이 가정방문을 온 날이었다.

뒷동산의 울창한 전나무 숲 너럭바위에서 장래 희망을 말해보라고 진지하게 묻는 구니모토에게 가비는 과수원의 복사 꽃이 연분홍색 비단처럼 좍 펼쳐진 석양 앞에서 고진의 아저씨에게 밝힌 〈희망〉을 그대로 말하였다. 경성 신문사의 여자 기자가 되고 싶고 또 〈빨간 머리 앤〉 같은 책을 쓰고 싶다고 했던 기억에 가비는 아름다운 꿈을 꾼 기분이었다.

구니모토는 가비 아버지가 폐결핵의 재발로 일본 유학 중도에 귀국한 사실을 알고 있다고 하였다. 해바라기 꽃미소를 지은 구니모토는 가비를 단풍나무 군락지에 세우고 몇 컷의 사진을 찍어주었다. 김순일은 때때로 이 너럭바위에 누워 얼굴을 밀짚모자로 덮고 짧은 낮잠을 자기도 하였다. 아버지는 열중한 모습으로 눈을 가느스름하게 모으고 수첩에 무언가를 적곤 하였다. 가비는 그것이 시詩라는 것을 알지 못하였다. 그냥 그때그때 느끼는 생각과 중요한 것을 수첩에 적는 것이라고 어린이다운 생각을 했다.

가비는 스치는 바람결에 손을 흔드는 붉은 단풍나무 잎들을 바라보며 미소를 지었다. 빨간 왕잠자리들은 낮게 날고, 쉴 새 없이 개미들이 가비의 종아리로 기어오른다. 한참 동안 너럭바위처럼 침묵을 지키고 있던 구니모토는 무거운 입을 열었다.

"야스히, 나는 내일 떠난다. 조선에 와서 야스히 같은 학생을 만나서 나는 매우 행복했다."

깜짝 놀란 가비는 확 일어섰다. 그리고 빠른 어조로 물었다.

"선생님은 왜 갑자기 일본으로 가시는 거예요?"

"일본으로 곧장 가는 건지, 아마도 다른 쪽으로 가게 될지도 모른다."

"그럼, 선생님도 조헤이에 가시는 건가요?"

보통 때, 조용한 가비가 눈을 크게 뜨고 빠른 어조로 물어서 구니모토는 놀랐다. 자기가 가르친 조선 아이들 중에서 제일 뛰어난 제자의 진실한 의리감이 느껴져서 가슴이 뭉클했던 것이다.

"전황이 위급하니까. 어떻게 될지는 지금은 확실히 모른다. 소집장을 받아 봐야 하니까."

"선생님은 일본인인데 조헤이에 가지 마세요. 남양군도는 말라리아모기가 우굴대는 몹시 위험한 곳인걸 아시잖아요?"

작년 여름방학 때, 말라리아를 앓은 적 있는 가비는 엄마가 솜이불을 덮어주어도 덜덜 떨며 쓰디쓴 가루약을 하루에 두 번씩 먹고 닷새 동안이나 앓은 기억이 나서 얼굴을 찌푸렸다.

천황폐하의 명령은 누구도 피할 수 없는 문제라고 구니모토는 눈에 그늘 서린 표정이고 놀란 가비는 가슴이 마구 떨렸다.

"야스히, 내가 엽서 보내면 곧장 답장 써야 한다. 알겠지…?"

"네, 선생님 편지 받으면 곧바로 특별우표 붙여서 보낼게요!"

잠깐, 구니모토는 귀애하는 야스히의 건강과 전쟁 시대를 잊고 있었던 생각에 가비의 이마를 짚어보고 자리에서 일어났다.

"야스히, 너 열이 있다. 고만 가야겠다."

괜찮다고 사양할 새도 없이 가비네 집 앞에 이르렀을 때였다. 구니모토는 차고 있던 손목시계를 끄르고 그걸 가비에게 내밀었다.

"중학생 되면, 그때 차고 다니도록. 새 선물을 준비할 시간이 없었다. 갑자기 출국 명령서를 받아서 놀랐다."

가비는 뭐라고 설명할 수 없이 당황하였다. 섭섭한 마음이 두근대서 손목시계 받은 손을 모아 쥐고 아무 말을 못하였다.

까만 가죽 줄에 노란 금테 시계는 크지 않고 예쁜 타원형이었다. 가비는 시계가 구니모토 선생님을 닮은 느낌이 들고, 사양하기에는 선생님의 눈빛이 너무도 진지하였다.

갑자기 닥친 작별에 가비는 어찌할지를 모른 채 눈물겨울 뿐이었다. 어릿하게 두 손으로 시계를 받은 가비는 가슴이 오그라드는 것 같았다. 놀라고 슬픈 느낌을 다잡고 있었다. 영영 이 세상에서 다시는 만나지 못할 구니모토 선생님과 나의 단짝 친구 가즈오는 일본 사람이었다.

4년 넘게 그의 교육을 받은 내성적인 조선 아이 가비에게는 깊은 배려와 칭찬에 용기를 받고 자신감이 생긴 에피소드가 주마등같이 다가오고 사라지곤 하였다. 너무나도 야속하고 안타까운 시간이었다.

행동과 말의 실수를 했을 때, 변명하는 사람이 되지 말고, 다시는 그런 실수를 하지 않는 다짐을 하는 사람이 될 것. 누구를 도와줬으면 겸손하게, 자랑하지 말고 상대의 장점은 배우고, 단점은 피할 것. 공부에 열심이고 인품이 자기보다 우수한 친구를 사귈 것.

몇 분이 지났을까. 그토록 짧은 순간 감은 눈으로 지나간 기억들이 속력을 내어 달리는 급행열차처럼 스쳐 갔다.

"야스히. 모쪼록 너는 조선의 여자 신문기자의 꿈을 이루고, 〈빨간 머리 앤〉 같은 훌륭한 작품을 쓰는 작가가 되기를 바란다!"

가비의 손을 잡고 진실하게 말한 구니모토는 특별히 건강에 힘쓰도록 하라고 가비의 머리를 쓰다듬어 주고, 다정하게 등을 두드려주었다.

예상치 못한 이별의 순간을 침묵으로 맞은 가비는 시계 선물을 감싸 쥔 눈시울이 젖는다.
"사요나라. 야스히…."
가비는 고개 숙여 "사요나라. 구니모토 센세이!" 하고 작별의 절을 하였다. 가비는 다시는 만나지 못할 안타까운 작별을 처음 맞는 서운한 마음을 가득 담은 최후의 절을 공손히 하였다. 침략국의 일본인 스승과 식민지 조선 제자와의 마지막 이별은 오직 가슴 아린 비극이었다.

가비는 온천 호수에서 가즈오와 금붕어를 보고 있었다. 아버지의 건강이 호전돼 가고 있어서 할머니도 큰엄마와 엄마도 온 집안이 즐거운 분위기였다. 가비는 가즈오와 자주 만날 수 있어서 즐거운 날이었다. 특히 건강이 회복돼 가는 아버지에게 안도감을 느낀 가비는 잠자리에 들기 전, 엄마에게 배운 종이학을 접었다. 벌써 가지가지 색종이의 학이 70마리를 넘었다.
책장 첫 줄에 가지런한 종이학은 가비가 시간과 정성을 바친 아름다운 공작품이었다.
장순은 조용한 것을 좋아하는 남편을 위하여 아기 업고 남자 동생을 데리고 큰댁으로 가곤 한다. 큰엄마와 담소하는 것은 근심의 포승줄에서 풀린 장순의 자유 시간이었다. 또 가즈오 엄마 에이코는 남편 야마다 교장이 출장 가는 날이면, 가즈오를 시켜서 장순을 놀러 오라고 청하였다. 그때마다 장순은 콩엿이나 보리쌀 뻥튀기 같은 군것질을 가지고 가벼운 발걸음으로 에이코를 만나러 가곤 했다.

이시가와가 대문 안으로 저벅저벅 걸어 들어왔다. 그는 대청마루 댓돌 앞에 낮도깨비처럼 우뚝 선 채, 구겨진 손수건으로 이마의 땀을 쓱쓱 닦는다. 그리고 왕골 돗자리에 누워 있는 김순일에게 총을 쏘듯 쇳소리를 질렀다.

"가네모토 쇼이찌, 여기다 도장 찍으시오!"

"그게 뭡니까?"

김순일이 의문의 목소리를 높였다.

"가네모토 쇼이찌에게 조헤이 소집장이 나왔소!"

이시가와의 말이 떨어지기 무섭게 뒤란에 있던 장순이 앞마당으로 뛰어나왔다.

"조헤이 소집장이라니, 그게 난데없이 무슨 벼락입니까?"

"시간이 별로 없소, 가네모토 여기다 도장 찍으시오!"

"구니모토 선생이 떠나기 전에 분명히 말했소. 나는 중환자 명단에 들어있다고. 그런데, 무슨 조헤이 소집장이라니, 도대체 무슨 말입니까…?"

"당신은 요주의 인물인 거요. 가네모토 쇼이치가 조선독립군에게 자금을 조달해 준다는 상부의 조서가 하달되었소."

이시가와가 소집장을 대청으로 휙 던졌다. 후들거리는 손으로 종이를 집어 본 순일은 "아니, 사흘 후에…?" 하고 눈을 치떴다.

"그러니까, 시간이 없다고 하지 않았소…?"

이시가와는 당당하고 김순일의 낯빛은 노랗게 질려갔다. 분노에 찬 장순의 깨문 입술에서 새빨간 피가 베적삼 섶으로 방울져 떨어진다. 자기 책임을 끝내려는 이시가와가 억양을 높였다.

"가네모토, 빨리 여기, 도장 찍으시오!"

질린 김순일은 입을 다물고 대신 장순이 이게 무슨 불법 행패냐고 항거의 목청을 돋우었다. 하지만 이시가와가 재빨리 순일의 오른손을 끌어다가 엄지손가락에 자기가 가져온 인주를 묻히고 징용소집장에다 꾹 눌렀다. 순식간에 행해진 행패였다. 순일은 허수아비처럼 혼이 빠진 표정이었다.

"구니모토 선생이 떠날 때, 남편은 징병 명단에 중환자 단서가 첨부돼 있다고 했는데…. 도대체 이게 무슨 억지 행패입니까…?"
 장순의 항의에 무례하고 당당한 이시가와가 침을 튀기며 말하였다.
 "갑자기 상부에서 새 지령이 내려왔소. 조선인 징용 대상자는 모조리 소집하라는 특별지령이…"
 그는 불리한 싸움에 꽁지를 감추고 도망치는 늑대처럼 대문으로 썩썩 걸어 나갔다. 아버지의 절망을 위로하기 위하여 가비가 할 수 있는 건 고진의 아저씨가 선물한 재스민차를 드리는 것뿐이었다. 발등에 떨어진 현실을 인식한 장순은 행주치마를 벗고 화급히 큰집으로 달음질을 쳤다.
 징집영장이라니, 그 숱한 쇠푼을 바쳤는데 대체 이게 무슨 날벼락이냐고, 노마님은 버럭버럭 큰아들에게 역정을 내셨다. 읍사무소로 갔던 큰아버지는 잔뜩 화가 나서 곧장 돌아왔다.
 "일본이 패전 쪽으로 기울어서 이젠 뇌물도 소용이 없다고 합니다."
 큰아버지는 벌컥 화를 내었다. 어른들의 생각은 순일이 사흘 안에 이 고장을 떠나 몸을 피신하지 않으면, 징용을 면키 어렵다는 결론이었다. 그러나 당사자인 순일의 의견은 달랐다. 뛸 수 있는 기운이 없는 내가 어디로 피신을 갈 수 있겠느냐고, 낙담을 토하였다. 장순의 분노는 극에 달하고 순일이 도피할 시간은 사흘밖에 없다. 설사 순일이 몸을 피할 힘이 있어도 도저히 어떻게도 할 수 없이 돼버렸다. 일본경찰은 약삭빠르게도 징집영장을 받은 집집마다 대문 앞에 하루 2교대의 보초병을 세워 놓았던 것이다.

결단력 있는 장순은 남편의 징용이 턱에 닿자, 큰동서와 의논하여 센닌바리[千人針] 수틀 2개를 마련하였다. 장순은 아기를 큰댁에 맡기고 새벽부터 서둘렀다. 허겁지겁 남편과 아이들에게 조반상을 차려주고 뒷일은 용인에서 새로 들인 식모에게 맡겼다. 햇빛 가리개로 보자기를 양쪽 귀 아래로 늘어뜨려 덮고 그 위에 챙 넓은 밀짚모자를 씌운 가비를 데리고 사거리로 나갔다.

장순은 지나가는 여자들에게 애타는 마음으로 병약한 남편이 징용에 나가게 된 사정을 호소하였다. 그리고 머리 숙여 붉은 수실 꿴 바늘을 공손하게 건네주곤 하였다. 그토록 장순은 오후 3시가 되도록 쉬지 않고 수틀에 붉은 수실로 武運長久(무운장구) 중에 武運 두 자의 수를 받았을 뿐이었다. 마지막 長久(장구) 두 자가 남아 있었다.

무더운 한낮에 나다니는 여자들이 드물어서 한 땀씩 받는 글씨가 늘지를 않았다. 수를 받기가 힘들었다. 장순은 시계포 밖에 있는 의자로 가서 앉았다. 월급 많이 준다는 말에 속아서 정신대로 뽑혀간 명자 대신 온 용인 댁이 썰지 않고 싸준 긴 김밥을 먹고 있다.

가비는 엄마와 따로 센닌바리 수틀에 無事歸還(무사귀환) 중에 無事(무사) 두 자의 빨간 수를 받았다. 가비는 지나가는 여자 앞에 공손히 절을 하고 빨간색 실 바늘을 건네주었다. 歸還(귀환) 두 글자가 남은 수를 땀이 송송 맺힌 얼굴로 한 땀씩 받고 있었다.

"아주머니, 부탁합니다. 삼일 후에 우리 아버지는 목에서 피가 나오는 병자인데도 징용에 나가게 되었어요. 아픈 우리 아버지의 무사귀환을 위해서 한 땀만 떠 주세요. 부탁합니다, 아주머니!"

콧등에 땀방울이 맺힌, 키가 가비보다 작아 보이는 아주머니가 정성껏 한 글자 남은 還(환) 자의 끝부분 한 바늘을 떠 주었다.

"참, 기특하구먼. 아버지를 위해서 이 삼복더위에 어린 딸이 애를 쓰는구먼. 참, 이쁘고 갸륵한 딸이네."

아주머니 칭찬에 가비는 입가에 부끄러움을 달고 길 건너 시계포 의자에서 김밥 먹는 엄마를 아련히 바라보았다. 고개를 끄덕여

보인 장순의 武運長久(무운장구)는 세 번째 글자인 長자의 오른쪽 끝부분만 남아있었다. 끝의 久자는 획이 간단하므로 쉽게 끝나겠지만, 무더운 한낮 더위에 지나다니는 여자들이 드물어서 시간과 힘이 배나 들었다.

"아주머니, 애들 아버지가 사흘 후에 징용에 나가게 됐어요. 부디 이 센닌바리 수건에 한 바늘만 떠 주세요."

"아주머니 참으로 고맙습니다. 이 찜통더위에 고맙습니다. 고맙습니다. 안녕히 가세요."

장순은 비쩍 마른 중년 여자에게 진심으로 고마워서 특별히 친절한 인사를 하였다.

"아버지를 위한 무사귀환의 마지막 끝 자인 還(환)의 한 땀을 떠 주세요. 우리 아버지는 환자인데 사흘 후 징용에 나가는 영장을 받았어요. 제발 부탁합니다. 할머니…."

잠깐 주춤하고 뭘 생각하는 것 같았던 조신한 노인이 일본 노인임을 안 가비는 특별히 용기를 내어 상냥한 목소리로 감사의 인사를 하였다.

"아리가도 고자이마스. 혼또니 아리가도 고차이마스. 오바상.(감사합니다. 정말 감사합니다. 할머니)"

드물게 보는 고급스러운 양산을 접고 조용히 붉은 실을 꿴 바늘을 받아 한 땀을 정성스레 떠 준 사람은 일본 노인이었다.

고상한 인상의 품위 있는 지식인 노인으로 보인다. 앗, 가비는 언젠가 5일 장에서 본 기억이 불현듯 떠올랐다. 손잡이가 있는 밀짚 망태기에 노란 참외를 골라 담던 이시가와의 어머니가 분명했다. 가끔 일본 여자들은 귀찮다는 표정으로 후딱 한 바늘을 떠주기도 하고, 손을 저으며 그냥 지나치는 일본 여자도 적지 않았다. 잘난체하는 표정으로 못 본 척 지나가는 여자도 꽤 있었다. 물론 우리 조선 여자들도 고개 돌리고 가는 여자도 많았다.

그러나 이시가와의 어머니는 신중한 손으로 한 바늘을 떠주었다. 그리고 고개 인사를 하고 고급 꽃무늬 양산을 쓰고 돌아서 갔다. 무슨 차이일까. 뱁새눈인 이시가와와 달리 그의 어머니는 조용하고 인자한 모습이었다. 노인이 가던 길로 가자 장순은 가비의 수틀을 보며 말하였다.

'살아온 삶의 흔적이 그 사람의 품성과 인상이 되는 것이다.'

한학자이신 너의 외할아버지께서 딸인 엄마에게 주신 교훈이다. 사로잠을 자며 잠꼬대를 할 만큼 아버지를 사랑하는 가비는 아버지가 무사히 귀환하시기를 비는 센닌바리에 온힘을 다하고 있었다. 발등이 통통 붓도록 아버지의 무사귀환 수를 천 사람에게 받는 딸이었다. 센닌바리는 더위가 가신 저녁때라 여자들의 모습이 늘어서 속도가 다소 빨라졌다. 엄마가 김밥을 먹은 시계포 밖의 나무 의자에서 쉬고 있는 가비의 귓가로 자기 이름을 부르는 환청 소리가 들려왔다.

주위를 둘러본 가비는 가즈오를 보자 전에 없이 파르르 화가 돋는다. 옆으로 다가온 가즈오에게 왜…? 하고 가비가 흰자위 눈으로 쳐다보았다. 그리고 물총을 쏘듯 빠른 말로 토해내었다.

"일본 사람은 나빠! 이시가와는 너의 삼촌이잖아…? 그 사람은 너무도 나쁜 일본인이야. 우리 아버지를 조헤이에서 빼주겠다고 우리 엄마에게 몇 번이나 와이로(뇌물)를 받고, 굳게 한 약속을 눈 깜작할 사이에 깼단 말이야. 네 삼촌은 아주 뻔뻔한 일본 순사라고…."

난데없이 당한 가즈오는 미안한 얼굴로 말하였다.

"너도 알지만, 이시가와는 높은 사람이 아니야. 상부의 명령을 따르는 부하 직원일 뿐이야."

가즈오의 말은 피곤함과 슬픔이 극에 달한 가비의 신경을 자극하였다.

"그래도 중환자인 우리 아버지를 악착같이 조헤이에 보내려고 이시가와가 우리 집 대문에다 보초병을 세워 놓았단 말이야. 가즈오! 넌, 그걸 뭐라고 설명할 거냐고…?"

가비의 분통에 부채질이 된다는 걸 모르는지 가즈오는 다시 말하였다.

"그것도 상부의 명령을 따른 걸 거야. 이시가와 삼촌은 낮은 말단 지위니까."

가비는 물러서지 않았다.

"이시가와는 누구보다도 우리 아버지가 중환자라는 걸 잘 알고 있으니까, 중환자라고 쓴 서류를 상부에 보고하면 된다고 생각해. 떠나기 전에 구니모토 선생님이 그렇게 말했단 말이야!"

빡빡거리며 가비는 전에 없이 가즈오에게 항의하였다. 울음 섞인 소리로 힐난하였다. 그러자 예의 바른 가즈오는 이시가와 삼촌 대신 자기가 사과한다며 가비의 손을 잡았다. 골이 난 가비는 흡사 벌레라도 털어내듯이 탁 가즈오의 손을 뿌리쳤다. 그리고 벌처럼 쏘았다.

"가즈오. 잊지 말어."

"너는 니혼진(일본인)이야."

"나는 죽어도 조센진(조선인)인 거야!"

갑자기 그 생각이 어째서 났는지, 가즈오도 가비도 의아하였다. 잘못하지 않았는데 갑자기 힐난을 받은 가즈오는 의아한 표정이었다.

"가비야! 나는 슬프다."

"뭐라고…? 가즈오. 네가 왜 슬프니, 내가 슬프지…?"

"아니야. 내가 일본 아이인 건 내 잘못은 아니니까. 나는 슬프다…?"

안타까운 가즈오의 표정은 일그러지고 가비가 처음 보는 인상이었다. 그래도 가비는 물러서지 않았다. 억울하고 화가 난다.

'아? 내 친구 가즈오는 니혼진인 거야.' 모르고 있었던 건 아니지만, 새로 중요한 문제를 푼 것 같은 사실이 너무도 확실해진 것이다. 가비는 화가 나고 기분이 더 나빠졌다. 하지만 이 문제는 가즈오도 가비도 어떻게 화나고 소리쳐도 해결할 수 없는 문제였다. 태평양 전쟁을 일으킨 일본이 전쟁에 패망한다 해도 해결될 문제가 아니었다. 세계가 어떤 변화를 일으킨다 해도 절대로 해결할 수가 없다. 어떤 요술쟁이라도….

일본 아이 가즈오는 야마다 가즈오이고. 나는 조선 아이 김가비니까….

아버지의 조헤이를 위하여 무운장구와 무사귀환의 소원을 빨간 수실로 간절히 기도하는 마음으로 천 사람 정도의 수많은 여자들에게 일일이 애원의 절을 하며 열흘 만에 만들었다. 그리고 장순과 가비는 병이 나서 식은땀을 흘리며 앓았다.

슬프고 쓸쓸한 가비는 우울하여 어두운 뒤란으로 갔다. 아무도 없는 그네에 앉아 살살 몸을 흔들며 생각할수록 눈물이 난다. 가즈오가 일본 아이인 건, 가즈오 말대로 그 아이 잘못은 아니다. 그렇지만 그게 문제가 아닌 것이다. 점점 시간은 가고 어떻게 해도 아버지가 징용가는 날은 고칠 수 없는 사실에 가슴이 메어져 가비는 자꾸만 눈물이 난다.

하늘의 조각배 같은 달도 오동나무 잎을 흔들고 지나가는 바람도 슬프다. '아버지는…? 엄마는…?' 더 슬프다. 반달 뜬 밤하늘을 바라보며 가비는 큰 소리로 울고 싶을 따름이었다. 몸을 오그라트리고 엎드려서 큰소리로 실컷 울고 싶었다. 가즈오야. 나의 제일 친한 친구 가즈오야. 너는 일본 소년이다. 네가 일본인인 것은, 네 말대로 너의 잘못은 아니지만…. 내가 조선 소녀인 것처럼, 너는 일본 소년인 거야. 우리 아버지는 조선 사람이어서 조헤이에 가는 거야. 그래서 나는 지금 울고 싶다. 모두 다 너무나도 슬프기만 하다.

징용열차

달력에서 지워버리고 싶은 날이 도망자처럼 지나가 버렸다. 기필코 아버지가 조헤이에 나가는 날이 왔다.

종이학을 접고 기도를 하며 가비는 잠 없는 밤을 보내었다. 그림책에서 보고 가본 적 없는 푸르른 바다에 아버지와 가게 해 달라고 간절히 기도하였다. 아름다운 긴 꿈을 꾼 것 같은 아침이었다.

아버지는 대청마루 화문석 공단 방석에 꼿꼿하게 앉아계신 노모께 큰절을 올렸다.

"다녀오겠습니다. 어머님. 아무 염려치 마시고, 부디, 저 돌아올 때까지 강녕하셔야 합니다!"

"집 걱정은 말고 오직, 네 건강에 치중해라. 명심하여라."

놀랍게도 할머니는 가장 마음에 두고 있는 막내아들의 징병 출정 훈시는 그걸로 끝이었다. 장순은 역시 시모님은 남다른 분이심에 존경심이 일었다. 여름 양복 차림인 순일의 형은 두툼한 봉투를 징병 가는 동생에게 건네고 말하였다.

"연로하신 어머님을 생각해서라도 오직 몸조심하게. 엽서를 자주 띄우고."

"네, 형님."

정신을 차린 순일은 몸을 곧추세우고 가비의 손을 잡고 큰댁을 나왔다. 아침 7시, 8월의 하늘은 끝없이 맑고 자주 보이는 B29는 보이지 않았다. 역전 넓은 마당은 징용자들과 배웅 나온 식구들로 우왕좌왕 북새통이었다.

전황이 워낙 위급한 탓에 파파노인을 뺀 이 고장 남자들이 거의 다 소집되어 나오고, 그들을 배웅하러 나온 울상인 식구들 광경은 혼란스럽고 서글펐다. 긴 칼 찬 일본 헌병들은 국방색 군복에 붉은 완장을 두른 팔을 힘차게 휘두르며 왔다 갔다 하였다. 이리저리 무릎까지 긴 가죽 장화 발소리를 쿵쿵 울리며 위협적이었다. 그들은 걸을 적마다 철커덕 철커덕 허리에 찬 긴 칼 소리를 내며 계속 돌아다녔다. 잘못한 것이 없어도 그들은 마냥 두려움을 자아내었다. 부릅뜬 눈으로 조헤이 무리들 기를 꺾고 울상인 여자들 사이를 당당히 휘젓고 다녔다.

총을 제대로 쏠 수 있을까 싶을 정도로 나이 많은 남자들과 정신이 좀 모자라 뵈는 시동생을 배웅 나온 부녀자에게까지 잔뜩 험한 인상을 쓴다. 어떤 불평도 하지 못하게 하는 예방주사라고 했다. 저쪽 무리에서 한 남자를 다그치고 있는 이시가와가 장순의 눈에 잡혔다. 재빨리 그녀는 막내아들 업은 몸을 돌리고 남편 앞을 막아섰다. 정신을 집중하고 있는 순일은 코언저리에 죽은 깨가 송송한 친누님 같은 형수에게 두고 가는 가족을 간곡히 부탁하고 있었다.

순일은 육체를 지배하는 힘은 정신력인 굳은 신념으로 징병 소집장을 받은 날부터 다지고 다져온 것을 가비에게 말하였다.

"현명한 너는 굳게 믿어야 한다. 아버지는 반드시 돌아온다는 것을."

"아버지! 나 알아요. 아버지 오시면 아버지와 손잡고 바다를 보러 가게 될 것을 기도했어요. 여주 신륵사 갈 때 똑딱배로 강을 건너봤으니까요. 착한 아이처럼 조용히 흘러가는 한강의 우두머리인 여주의 강을 아버지 오시면 꼭 다시 가보고 싶어요."

갑자기 사방에서 호루라기 소리가 횈횈 날아왔다. 장순과 달리 순일은 고개 돌린 채 움직이기 시작하였다. 장순은 남편을 따라 걷고 가비도 아버지 옆에서 무겁고 슬픈 발걸음을 옮겼다. 호루라기 소리에 갑자기 머리에 무운장구와 무사귀환의 천인침天人針 수건을 두른 남자들이 밀물처럼 몰려들었다. 징용자들은 누구 하나 웃는 얼굴이 없다.

남편을 일본 전쟁터로 억지로 빼앗기는 아낙들은 콧물 눈물범벅이었다. 통곡하는 파파 할머니를 보았다. 여러 명이었다. 나라 빼앗긴 힘없고 가난한 식민지 백성의 절망에 찬 인생 비극의 실화 공연작 같은 삶의 스토리가 김순일은 눈물겨울 따름이었다. 가비는 아버지에게 눈물을 보이지 않으려고 입술을 물었다.

김순일은 헌병들이 대열을 지휘하는 앞에까지 오자, 우뚝 멈추었다.

"가비 엄마, 걱정한다고 될 일이 아니니 하늘에 맡겨요. 모쪼록 내 몫까지 아이들 건사 잘하고 있어요!"

창백한 남편의 팔을 잡고 있는 장순은 평상시의 씩씩한 어조로 요즘 몇 번 서로 말한 걱정의 말을 반복하고 있다는 걸 느끼지 못하고 있었다. 아…! 남편이 이제 떠나면 언제 온다는 말을 들을 수 없는 작별이 아닌가…? 아이를 잠재우고 처음으로 자기가 남편 방으로 가고 싶은 충동이었으나, 자다가 깬 막내가 잠을 자지 않고 보채었다.

두 사람의 대화는 선로를 이탈한 급행열차 같다. 평상시의 부부 대화가 아니었다. 이제 떠나가면 돌아오는 날이 없을지 모르는 사람, 쫓아가서 붙잡아 올 수가 없는 사람일 텐데…? 남편의 몸과 정신의 총체가 완전히 불확실한 사람! 완전히 내 아이들을 낳고 같은 자리에서 같이 잠을 잔 남자를 지금 나는 잡고 있는 팔을 놓아 보내야 한다. 결사적인 사생의 순간을.

"가비 아버지. 정말 집 걱정은 마세요. 거기서도 약을 준다니까, 시간 맞춰 약 먹는 걸 잊지 마시고요."

"건강병원 원장이 조제해 준 두 달 치의 약을 꼬박꼬박 먹을 거니 걱정 말아요."

순일은 생각한다.

'전황이 나아지지 않으면 약이 무슨 소용인가. 우리 조선 징용자들은 파리 목숨일 것을.'

장순은 폐병약과 소화제, 진통제와 말라리아약을 남편 사루마다

(팬티) 속에 만든 주머니에 넣고 단단히 꿰맸다. 영특한 딸 가비 어깨를 토닥여 준 순일은 자신이 믿고 싶은 당부의 말을 하였다.

"가비야, 아버지는 꼭 돌아온다. 너도 꼭 그렇게 믿고 있어야 한다."

"네, 약속해요. 아버지!"

가비는 알고 있다. 지금 아버지가 한 말은 불안한 아버지 자신이 믿고 싶은 말이라는 것을. 가비는 밤늦게까지 쓴 편지와 아버지가 좋아하는 빨간 털실로 묶은 일곱 송이의 붉은 맨드라미꽃을 드렸다. 닭의 벼슬을 닮은 맨드라미꽃을 이윽히 보며 짧은 순간 순일은 덧니 보이는 미소를 지었다. 옹달샘처럼 맑고 비할 데 없이 순수한 미소였다.

"가비야, 일요일 날 엄마하고 예배당에 가거라. 동생 공부 잘 돌봐주고, 넌 큰언니니까."

갑자기 호루라기 소리가 사방에서 총소리처럼 들리기 시작하였다.

발맞추어 하나 둘. 하나 둘.

센닌바리 다마요게! － 千人針 彈避(천인침 탄피)

센닌바리 다마요게! － 千人針 彈避(천인침 탄피)

…….

…….

 귀청을 뚫는 군가 소리가 기찻길 너머의 설봉산 쪽으로 메아리쳐 간다. 운명처럼 머리에 붉은 실로 천 사람의 바늘이[天人針] 빨간 실로 수놓은 武運長久(무운장구)의 수건을 이마에 맨 징병자들을 실어 갈 기차가 기적소리를 지르며 들어오고 있었다. 눈 부릅뜬 헌병들은 일사천리로 징용자들을 통솔하고 다니었다. 혹여 지난번처럼 도망자를 색출하기 위해서였다.
 장순은 대열 속으로 따라가다가 목에 두르고 있는 남편의 센닌바리 수건을 다른 남자들처럼 이마에다 매주었다. 그리고 가비가 만든 無事歸還(무사귀환)의 천인침 수건을 바지 혁대에 매었다.

　　보라 동해 하늘 열리니
　　아침 해 높이 빛나고
　　하늘 땅의 정기 거침없으니
　　우리 일본의 자랑이어라.
　　……
　　우리 일본의 자랑이어라.

인원 점검을 하는 일본 헌병들은 애국 행진곡을 부르며 따라 부르라고 명령을 하고 다녔다.

징병자들은 소리 없는 저항의 몸짓으로들 따라 부른다. 헌병들은 다들 큰 소리로 따라 부르라고 가죽 채찍을 휘두르며 독촉 소리를 높였다.

징용자들의 군가 소리가 8월의 아침 하늘로 스며들었다. 흡사 눈물 흥건한 장송곡인 양….

가비는 하늘을 우러러보며 그 자리에 오래도록 서 있었다.

센닌바리 수건을 머리에 동여맨 징용자들은 모두 기차에 탄 후였다. 전송나온 식구들의 눈물 콧물 훌쩍이는 소리가 통곡 소리로 변하였다. 영자 아부지이 몸조심해유우…. 영순 아부지이, 자주 편지해유우… 철아아. 용철아아. 아이고, 내 아들 용철아아…

기차 머리에 담요만 한 일장기가 매여 있었다. 어떤 비바람 강한 태풍에도 끄떡없게 매여져 있었다.

섬뜩한 빨간 동그라미 하나가 그려진 일본 국기가 달려 있는 기차 화통 머리를 향해 두 팔을 저으며 절망에 찬 조선 아낙네들이 목이 터져라 손을 홰 홰 소리 높이 휘두르는 광경은 보는 사람의 목이 메일 정도였다.

최후적인 절규. 아버지 서재의 그림책에서 본 노르웨이 화가 뭉크의 절규보다 조선 아내의 통곡이 더 절박한 느낌이었다. 천인침 수건을 씨름꾼처럼 질끈 머리에 맨 징용자들은 식구들을 보려고 기차 창밖으로 고개들을 빼고 아우성들을 친다. 그 어떤 슬픈 동화책 이야기보다 더 쓰라린 모습이었다.

장날에 철망 친 사과 궤짝에 갇혀 팔려 가는 가엾은 닭들의 운명같이 보였다.

빼 빼액……. 빽… 빼애… 액.

수증기를 내뿜으며 기차가 움직이기 시작하였다. 말로 할 수 없이 복잡하고 미묘한 심정인 장순과 슬픈 가비는 알고 있다. 마음 약하고 다정한 아버지가 차창 밖으로 얼굴을 내밀지 않은 것은 결코 기침 때문은 아닌 것을. 기적소리를 끌며 징용 열차가 속력을 내기 시작하였다. 이제 기차는 그 꼬리마저 시야에서 사라져가고 없었다. 하늘엔 B29가 느린 거북이걸음으로 가고 있었다.

볼모로 잡힌 식민지 백성이기에 징용자들은 자기를 싣고 떠난 기차가 어디로 가는지 목적지를 아는 사람은 아무도 없다고 했다. 읍사무소에 협력하는 큰아버지 가경의 아버지도 철통같은 비밀이라고 고개를 저을 뿐이었다.

막강한 연합군과 대치하며 열세에 몰린 일본군의 막바지 총알받이로 실려 가고 있다는 것 말고, 정확한 도착지가 어디인지 아는 사람은 아무도 없다고 한다. 사람의 피를 빠는 말라리아모기가 극성인 필리핀의 칠천 개 군도에서 일본군이 미군과 대치하고 있는 곳은 어느 섬인지…? 아는 사람은 누구도 없었다. 기차가 사라진 정거장 맨바닥에 주저앉은 부녀자들은 흰옷 어깨를 들썩였다. 온통 울음 마당이었다. 이시가와에게 재산과 자존심의 뼛속까지 빼앗긴 장순은 기차가 사라진 수수밭 너머를 바라보며 악! 소리를 지르고 땅바닥에 주저앉고 말았다.

오열을 토하는 장순의 자주색 치마는 엉망이 되었다. 명절 때와 가비의 학부형 때만 입는 아끼는 옷이었다.

아버지가 탄 징용 기차는 지금 어디쯤 가고 있을까. 하얀 낮달을 올려보는 가비는 생각한다.

"나에게 속삭이는 저 낮달을 아버지는 볼 수 있을까…?"

아버지의 창백한 얼굴과 겹쳐 보이는 하얀 반달을 고독한 가비는 오래도록 올려다보았다.

'아버지. 나의 아버지는…!'

가비는 매일 잠자기 전 아버지의 武運長久(무운장구) 기도를 하고, 장순은 초록색 실로 한 땀 한 땀 無事歸還(무사귀환)의 수를 놓기 시작하였다. 낮에도 집안은 허전하였다. 가비는 한없이 쓸쓸하고 애달픈 마음이었다.

아버지 생각에 잠긴 가비는 벚나무에 걸린 전등불 옆에서 오래도록 보름달을 바라보고 서 있었다. 안방 창호지 문에 비친 엄마의 실루엣은 고개 숙이고 수놓는 모습이었다. 그 모습에는 장순이 깨끗이 다림질한 무명천에 진녹색 실로 수를 놓기 시작하였을 때의 마음이 박혀 있었다. 천 사람이 붉은 실로 한 바늘씩 뜬 武運長久(무운장구)의 천인침天人針이 아닌, 홀로 남편의 무사귀환을 위한 애끓는 가슴의 일인침一人針 수繡였다. 벽시계의 초침처럼 한 땀 한 땀씩 슬픈 수 바늘은 새벽녘까지 이어졌다.

가비가 기다리는 잠은 술래처럼 멀리 달아나 없어졌다. 빨간 표지의 수첩을 골똘히 들여다보며 가비는 가즈오 선물을 그윽한 눈으로 본다. 산굴에 숨은 아버지의 밥심부름이며 체포와 아버지의 징용으로 가비의 여름방학은 정신 차릴 수 없이 가혹한 날들이었다. 이 빨간 표지의 작고 예쁜 수첩은 가즈오가 사거리에서 아버지 센닌바리를 하고 있는 가비에게 준 것이다.

피곤하고 슬픈 가비는 건강하고 행복한 가즈오를 보자, 오기가 나서 순간적으로 가즈오에게 신경질적으로 쏘아 주었던 것이다.

"가즈오 너는 니혼진(일본인)이고 나는 죽어도 조센진(조선인)인 거야!'

느닷없이 영문 모르는 가즈오에게 매몰찬 말을 쏘아주게 된 것이다. 아버지가 징용에 간 지금 가비는 일본 아이에 대한 우정이 달라질 수밖엔 없다. 그렇다고 미워할 수가 없는 친구이다. 유치원부터 같이 다니고 소학교에서 〈소공녀〉와 〈소공자〉를 나란히 읽고 모모다로상(복숭아 소년) 동화를 배운 친구였다. 풍금을 같이 치고 〈머나먼 스와니강〉을 하모니카로 배우면서 나이테를 더해간 가즈오와의 기억은 첫눈같이 새하얗고 순수했다.

사과꽃이 활짝 핀 봄날 가즈오가 우리 집 과수원 원두막에 와서 논 날은 너무도 즐거웠다. 갑자기 큰 선물을 받은 것처럼 기쁜 날이었다. 하모니카로 '오 대니보이'를 새로 배우고. 가즈오가 썰지 않은 긴 김밥을 두 손에 쥐고 먹으며 예쁜 김밥보다 더 맛있다고 좋아한 생각에 가비는 민들레꽃 미소를 지었다. 가즈오가 가져온 센베(부채과자)와 눈깔사탕을 먹으며 유치원 때처럼 신나게 놀고 실컷 즐거운 하루였다. 먼 훗날의 가비도 가즈오도 어떤 지우개로도 지울 수 없는 소중한 추억이었다. 아주 먼 날까지도….

과수원으로 가는 장순은 혼자 조용히 있는 걸 좋아하는 가비를 위해 시끄러운 아들을 데리고 갔다. 가비는 하얀 하양이에게 아침밥을 주고 움직이는 인형을 닮은 두 마리 토끼장에 새 풀을 주고 닭장 문을 열어주고 모이를 주었다.

그리고 나서야 가비는 책상 앞에 앉았다.

깊은 밤 엄마가 고개 숙여 한 땀 한 땀 녹색 실로 아버지의 '무사귀환' 수를 놓는 시간, 가비는 정성껏 편지를 쓴다. 하지만 어젯밤엔 편지를 쓰지 못하였다. 처음엔 들고양이 소리인가 하였다. 수놈 고양이가 짝을 찾는 애절한 울음소리 같기도 하고 나뭇가지 끝으로 양철 챙을 긁는 것 같은 소리가 뒤란에서 들려왔다.

달이 이지러진 밤이었다. 무서웠지만 소리가 이상해서 가만히 들창문을 조금 열고 캄캄한 밖을 빠끔히 내다보았다. 오동나무 옆 벤치에서 희끄무레한 것이 벌떡 일어났다. 화들짝 놀란 가비는 하마터면 엄마! 하고 소리칠 뻔하였다. 장순은 주먹으로 배를 마구 쥐어박는다. 미친 여자처럼 드럼을 치듯이 계속 배를 난타하고 의자 등에다 쾅쾅 몸을 쥐어박는다. 까미(일본식 쪽)에 꽂은 몇 개의 핀이 풀려 산발된 머리채가 한층 괴상하고 두렵게 느껴졌다. 배에서 상체로 올라온 두 주먹은 젖통 부근을 마구 두들겨 패기 시작하였다. 그리고는 원한의 주문을 암송하듯이 중얼거리는 것이었다.
"이시가와 나쁜 놈. 죽일 놈아. 극악한 일본 순사 놈아!"
욕을 계속 퍼부었다.
그렇다. 이시가와는 특히 엄마에게는 철천지원수임이 분명하였다. 어떻게 해도 씻을 수 없는 치욕에 사무친 원수였다. 숱하게 바친 돈봉투는 아무 힘을 쓰지 못한 채 공중분해를 하고 말았다. 지치지도 않고 장순은 계속 배에 주먹질을 가하였다. 자정이 사뭇 지난 시각이었다. 밤은 깊고 잠든 세상은 깊은 물 속 같이 잠잠하였다.

    보고 싶은 아버지.
    더 아프신 건 아니시죠?
    누구한테 도와달라거나 어디로 도망갈 수도 없는 곳에 계시니까요…?
    극도의 긴장에 병이 나을지도 모른다고, 아버지가 조헤이 기차를 기다리는 역에서 절박하게 말하셨지요…?
    꼭 그렇게 되실 거예요. 아버지도 꼭 그렇게 믿고 매일 닥치는 무서운 현실과 싸우셔야 해요. 꼭 이기셔야 해요. 엄마도 가비도 그렇게 굳게 믿고 있으니까요! 굳센 생각은 내일의 희망이라고 공민 시간에 배웠어요.

아버지! 누구든지 믿고 간절하게 기도한 것은 꼭 그대로 이루어질 것이라고 목사님 설교에서 배우고 믿게 되었어요. 엄마는 매일 밤 千人針(천인침) 수같이 아버지의 無事歸還(무사귀환) 기도를 녹색실로 일인침一人針 수를 놓고 있어요. 벌써 두 개를 아버지 책상 벽에 붙여 놨어요. 세계적으로 멋있고 훌륭한 미술품 같아요.

아버지가 좋아하시는 달걀찜을 먹을 때면 눈물 글썽인 엄마를 못 본 척하려고 나는 고개를 돌리곤 해요. 오늘 엄마는 과수원에 갔어요. 사과 따는 인부들 감독하려고요. 아버지처럼 조용하게 있고 싶은 나를 위해서 엄마가 시끄러운 가준이도 데리고요. 아버지 꽃밭에 금잔화랑 붓꽃은 다 지고 칸나와 달리아 꽃이 보름달같이 피었어요. 아버지가 사철나무 울타리에 쭉 심은 코스모스가 색색으로 피었어요. 얼마나 예쁜지 몰라요. 산들바람에 살래살래 꽃송이들이 흔들릴 때면 얼마나 아름다운지 몰라요. 언제나 가을이 오면 아버지가 우리들 사진을 찰각찰각 찍어 주셨는데요…?

눈물 서린 가비의 사념은 서글프고 애절한 마음으로 이어져가고, 밤은 한 발 한 발 내일로 가고 있었다.

제3부

1945년 8월 15일

가비네 집으로 뛰어온 가즈오는 숨찬 소리로 가비의 이름을 큰 소리로 부른다.

"가비! 가비야…!" 하고 부르고 불렀다.

놀란 가비의 눈을 응시한 채, 갑자기 입술을 달싹일 뿐, 가즈오는 목소리가 혀끝에 붙은 모양 같았다.

운동회 때 응원하는 것처럼 팔을 마구 흔들었다. 하지만 가즈오의 말은 발성이 되어 나오지 않는다.

"가즈오! 왜 그래? 무슨 일이냐고? 으응…?"

마침내 놀란 가비에게 숨찬 소리로 가즈오가 외쳤다.
"야스히, 나. 떠나야 한다. 지금 곧 여기를 떠나지 않으면 안 된다. 야스히 나, 어떻게 하니? 엉…?"
더듬거리던 가즈오는 기침하는 것처럼 한꺼번에 말을 토해내었다. 그리고 소리친다.
"가비! 우리 일본은 전쟁에 졌다. 지고 말았다."
"너 지금 뭐라고 한 거니…? 응. 가즈오 야!"
가즈오는 식식댈 뿐, 두 팔을 훼 훼 공중을 행해서 휘저었다.
"정말이니? 가즈오야! 일본이 전쟁에 졌다는 거, 정말이냐고? 응?"
"정말. 일본이 졌다. 야스히, 나 어떻게 하니…? 지금 당장, 우리 집은 여기를 떠나야 한데…!"
정신이 어떻게 된 것 같은 가즈오에게 놀란 가비가 다그쳤다. 정말 일본이 전쟁에 패전했다는 게 사실이냐고 가즈오의 어깨를 흔들며 따지듯이 소리쳤다.
"사실이야. 히로히토 천왕이 라디오 방송을 했어. 우리 일본이 전쟁에 졌다고. 야스히, 나 어떻게 하니…? 나, 지금 빨리 여기를 떠나야 한다는 데. 으 응…?"

정말 일본이 전쟁에 졌다면, 조헤이에 간 아버지의 얼굴이 갑자기 폐결핵 엑스레이 사진처럼 또렷이 확대되어 보였다.

'일본이 패망했다고…? 전쟁에 졌다고…? 그럼 아버지는 우리 아버지는!'

가비는 머리가 휭하고 어지러워서 두 주먹을 꽉 움켜쥔 채 가즈오를 노려보았다. 무섭도록 응시하였다. '일본이 전쟁에 졌다면, 조헤이에 간 아버지가 돌아오게 된다. 아버지가 돌아오신다는 말이다…!'

파르르 질린 가즈오의 얼굴을 보며 점차 가비는 가슴이 마구 후들거리었다. 눈 깜짝할 순간이었다. 하늘이 빙글빙글 돌고 어지러워서 그대로 주저앉았다. "야스히! 야스히!" 가즈오가 가비의 어깨를 와락와락 흔들며 외친다.

"나는 절대로 너를 잊지 않을 거야. 야스히! 절대로!"

가즈오는 한마디 씩 이 악물고 토해내었다. 맹세를 외치듯, 말하였다.

"가즈오. 나도 너를 잊지 않을 거야! 절대로!"

눈앞이 돌고 어지러워서 가비는 그 자리에 웅크려 앉은 채 힘주어 말하였다.

정신 차리라고 가즈오가 가비의 손을 잡고 일으켜 주었다.
"나는, 나는, 가네모토 야스히. 너를 꼭 찾아올 거야. 네가 이 세상, 어디에 있어도. 찾아올 거니까, 꼭 나를 기다려 줘야 한다. 꼭 너를 찾아올 거니까! 너도 약속해 줘!"
가즈오와 가비는 누가 먼저랄 것 없이 서로의 손을 부여잡았다. 타는 팔월 햇살도, 이 세상의 모든 언어가 농아처럼 정지한 순간이었다.
"가즈오, 엄마가 빨리 오래. 지금 빨리 떠나야 한 대. 빨리. 빨리…"
심술쟁이 사사코의 째지는 소리에 가즈오와 가비는 정신을 차렸다.
"이 빠이로또(파이로트) 만년필 너한테 편지 쓰던 거야."
가즈오가 반바지 주머니에서 꺼낸 하늘색 만년필과 자기 할머니의 일본 집 주소 쪽지를 가비 치마 주머니에 넣어주었다. 그리고 가즈오가 작별의 악수를 하듯 가비의 왼쪽 손을 잡고 애기손가락에 입을 맞추었다. 만날 때마다 가즈오가 주먹 쥔 가비의 왼손을 가려주던 여섯 번째 새끼손가락이었다.
"가즈오, 엄마가 빨리 오래. 우리 가족은 지금 당장 여기를 떠나지 않으면 안 된대. 하야쿠 하야쿠(빨리 빨리)!"

자기 누나 사사코 성화에 가즈오는 가비의 왼쪽 손을 놓고 속눈썹이 파르르 떨리는 가비의 눈을 마주 보며 급히 토해내었다.

"히야시, 우리는 꼭 다시 만난다. 언젠가 나는 꼭 너를 만나러 온다. 약속한다. 하야시!"

"나도 약속해. 야마다 가즈오, 나도 꼭 약속한다. 잘 가. 가즈오야…!"

가즈오와 사사코는 언덕을 구르는 돌처럼 내려갔다.

'구니모토 선생님처럼 가즈오도 작별의 정표로 뭔가를 주고 가는구나. 마음의 선물을…'

가비는 아무것도 주지 못하였다. 아버지 조헤이 문제에 무얼 줄 생각 같은 건 해보질 못 하였다. 해볼 수가 전혀 없었다. 속으로 고마운 생각을 크게 품었을 따름이었다. 소심하고 예의 바른 가비는 생각의 여유가 있을 리 없는 8월이었다.

'정말, 일본이 전쟁에 졌다니…? 그래서 가즈오네 식구들이 즉각 조선을 떠나지 않으면 안 된다는 건…? 우리 조선이 일본 식민지에서 풀려났다는 의미가 확실한 것 아닌가!'

아버지 방문을 열었다. 조용히 책을 읽고 음악 듣는 걸 좋아하는 아버지가 일본 유학에서 돌아올 때 안고 온 유성기 옆에 있는 마쓰시다(松下) 라디오를 틀었다. 찌지직거리는 라디오에선 조선 남자 아나운서의 벅찬 소리가 울려 나왔다. 흥분한 아나운서가 일본 천왕의 패전 방송을 흥분한 소리로 계속 반복하였다.

해방의 날

8월 15일 12시.

일본 히로히토 천황은 오늘 정오를 기하여 항복하였습니다. 마침내 히로히토 일본 천황은 일본이 2차 대전에서 패전하였다고 떨리는 음성으로 라디오 방송을 하였습니다. 그리고 조금 후엔 천왕이 일본어로 패전을 말하는 라디오 방송이 잡음 속에 들리다가 다시 치지직 거리곤 하였다.

"마침내, 우리 조선은 일본 식민지에서 해방되었습니다. 우리 조선은 일본 식민지에서 해방이 되었습니다. 마침내, 우리 조선은 해방이 되었습니다. 식민지에서 독립을 하게 되었습니다. …"
가비는 탄식하였다. 아아. 마침내, 우리 조선은! 마침내! 우리 아버지가 돌아오신다!
"만세! 만세! 조선 독립 만세."
라디오에서 만세를 외치는 격앙된 소리가 계속 울리고, 일본 천황의 떨리는 목소리가 귀에 울리는 가비는 밖으로 나가보았다. 사방을 휘둘러보던 가비는 언덕 아래 가즈오네 집으로 사람들이 몰려가는 걸 보게 되었다. 남자 여자 할 것 없이 동네사람들이 언덕을 내려가는 모습은 신명 난 꽹과리패 같은 느낌이었다. 이 집 저 집에서 불구경 가는 것처럼 가즈오네 집으로 몰려가고 있었다. 얼떨결에 가비는 자기가 동네 사람들 틈에 섞여 있는 걸 발견하고 정신을 수습하였다.

… 일본은 전쟁에 져서 패망하고, 우리 조선은 결국 해방이 되었다.

… 만세! 만세! 만, 만, 세… 우리나라 조선은 독립 만세! 만세! 만만세!

남자 여자 할 것 없이 동네 사람들은 목청껏 만세를 외치며 도도한 물줄기처럼 가즈오 네 집으로 몰려가고 있었다. 이미 동네 사람들은 눈에 불을 켜고 가즈오네 집을 부엌까지 샅샅이 뒤지고 있었다. 어떤 아주머니는 크고 작은 냄비 두 개를 치마폭에 감싸고 잽싸게 도망을 간다.

먼저 온 사람들은 물건들을 들고 달아나고, 새로 온 아저씨 아주머니들은 찬장 속을 뒤지느라 야단들이었다. 예쁜 접시 몇 개씩을 윗도리 앞섶에 싸고 더 가져갈 걸 찾느라고 흡뜬 눈들을 두리번거리었다. 물건들을 뒤지느라 야단법석이고 도망을 치느라 옆 사람을 밀치느라 난리였다.

가즈오 네 식구들은 아무도 보이지 않는다. '가즈오네 식구들은 어디로 간 걸까?'

…생 사람 잡아가는 이시가와 놈아, 어디 숨었느냐, 썩 나오너라! 악랄한 그놈을 잡아 족쳐야 한다. 잡아서 그놈을 흠씬 두들겨 패줘야 한다. 그래도 분이야 풀리지 않겠지만. 나와라. 어디 숨었느냐 우리 자식들 도적놈 이시가와 순사 놈아….

…조선 사람 사냥꾼 놈아. 어서 썩 나오너라. 한 백 년, 조선 땅에서 떵떵거릴 줄 알았더냐? 악독한 쪽발이 일본 놈아….

가비는 자기 눈을 의심한다. 어디에 숨었었는지 갑자기 가즈오네 식구 넷이 마당으로 나와서 일렬로 서 있는 게 아닌가? 어깨를 웅숭그리고 마당 중앙에 서 있는 가즈오 아버지 야마다 교장에게 동네 사람들이 징용 담당자 이시가와 놈을 내놓으라고 삿대질을 하고 욕설들을 마구 퍼부었다. 남자 여자 노소 혼성 일체가 된 분노의 무리는 이시가와 놈을 썩 내놓으라고 야마다 교장의 멱살을 잡고 사정없이 구타하였다. 어저께까지도 아니 오늘 아침까지도 그는 가비와 가즈오가 다니는 소학교의 존경받는 교장선생님이었다.

아들 둘이 징병에 끌려간 노인은 이시가와를 내놓으라고 교장의 멱살을 잡고 냅다 따귀를 몇 대나 후려갈겼다. 딸을 정신대에 빼앗긴 구멍가게 사팔눈 아주머니는 분풀이로 사사코의 뺨을 때렸다. 믿을 수 없는 건, 가비와 가즈오가 다닌 유치원 원장인 가즈오의 엄마가 연신 허리 굽혀 후즐한 동네 사람들에게 저자세로 일본절을 하는 모습이었다. 가비는 가즈오에게 눈인사로라도 작별 인사를 하려고 했지만, 끝내 가즈오는 푹 숙인 고개를 들지 않았다. 물론 가즈오는 와글와글 끓는 성난 사람들 틈에 가비가 있으리라곤 생각지 못했을 사태였다.

'가즈오! 네가 준 선물에 깊은 인사도 못 하였다. 도쿄 여행의 크레파스 선물이랑 경성에서 산 빨간 수첩이랑 곱게 간직할게. 가즈오 잘 가라. 꼭 너의 나라로 잘 가기 바란다. 우리 조선을 식민지로 만든 건, 너 같은 어린이가 아니니까. 그리니까 가즈오! 너의 잘못이나 죄가 아닌 거야.

가즈오! 네가 약속한 대로 언젠가 우리가 어른이 되었을 때, 꼭 다시 만나자! 나는 기다릴 거야. 꼭 기다릴 테니까. 태평양 전쟁을 일으키고 우리나라 조선을 식민지로 뺐고 환자인 우리 아버지를 조헤이로 끌고 갔어도, 그건, 어린 너의 책임은 아니니까. 일본이 전쟁 욕심에 미쳐서 행한 국제적 범죄이니까.'

다음 순간. 회오리바람이 몰아친 듯 눈 깜작할 사이에 등짐을 진 가즈오네 식구들은 순식간에 노련한 도둑처럼 대문 밖으로 도망쳐 나갔다. 놀랍고 황당한 가비는 현기증이 일어 쭝그리고 앉았다. 이미 교장의 까만 제비 자동차는 하루살이 품팔이로 연명을 해온 배고픈 중늙은이 몇이 발길질로 실컷 찌그러트린 후였다.

머리가 뼈개질 듯 아프고 헝클어진 실처럼 정신을 차릴 수 없는 가비는 일어나서 울분과 복수에 찬 사람들을 헤치고 가즈오의 방으로 가보았다. 난장판이었다.

책장은 쓰러져 있고 책상 서랍들은 모조리 열려서 상장과 교과서가 무참히 짓밟혀 있었다. 참담하였다. 가즈오와 함께 다닌 유치원 졸업 사진첩이 바닥에 팽개친 걸 본 가비는 잽싸게 집어 들었다.

봄 원족(소풍) 갔을 때, 숨은 보물을 찾았을 때처럼 아니, 가즈오를 본 것 같이 반가워서 가비의 가슴은 마구 울렁였다. 흙투성이 발길에 짓밟힌 유치원 졸업 사진첩을 가슴에 보듬었다. 가비의 뇌리로 활동사진의 한 장면 같은 영상이 스쳐온다. 아버지에게 징집영장이 떨어진 이상 병약한 아버지가 어디로도 피신을 할 수 없는 절망적인 때였다.

막다른 지점에 처한 장순은 큰엄마와 의논하여 천인침(千人針) 수건을 만들기로 결정 하고 가비를 데리고 사거리로 나갔다. 가비에게는 무사귀환의 수틀을 주었다. 바로 그날, 가즈오가 사거리로 가비를 찾아왔다. 엄마에게 돈 봉투를 여러 번 받고도 아버지를 징용에 나가게 한 가즈오 삼촌 이시가와에게 울분이 치밀었다. 그래서 다짜고짜 가즈오를 보자 가비가 골을 낸 것이다.

가즈오. 너는 니혼진(일본인)이고
나는 죽어도 조센진(조선인)인 거야!

눈치 없이 가즈오는, 이시가와는 부하 직원이므로 아무 권한이 없다고 사실대로 말하였다. 가즈오는 가비의 분노를 부추긴다는 걸 모른 채 고개 숙이고 가비의 손을 잡았다. 세상이 바뀌어 가즈오가 없는 지금 가비는 미안하고 마음이 몹시 아프다.

가즈오가 없어진 세상. 눈 깜작할 사이에 바꿔버린 세상. 가비는 휘저은 웅덩이 물 같이 어지러운 마음으로 급히 생각한다. 언제일지 모르지만, 일본 학생 조선 학생, 구별 없는 세상에서 만나 가즈오와 내가 마음 놓고 공부하며 놀 수 있는 세상은 온 것일까. 정말…?

일본이 전쟁에 진 지금 우리나라 조선은 확실한 기적이고, 꿈같은 세상이 온 것이다. 거리마다 감격에 겨운 조선 독립 만세 소리가 폭죽처럼 터지고 흡사 자유의 장엄한 교향악이 조선 땅 천지로 울려 퍼지고 벅찬 감동의 물결은 강풍을 탄 들불처럼 온 읍내로 퍼져가고 있었다. 가비는 2학년 여름, 말라리아에 걸렸을 때처럼 오돌오돌 떨리는 가슴을 붙안고 큰길로 내려갔다. 돌담 채소밭 길로 가지 않은 것은 과수원에 간 엄마에게 해방 소식을 빨리 알려주려고 지름길을 택한 것이다.

마침내 일본이 전쟁에 졌으니까 아버지가 돌아오실 것이다. 그

꿈같은 기적을 불쌍한 엄마에게 빨리 알려야 한다. 가비를 조용하게 혼자 있게 해주기 위해서 시끄러운 동생을 데리고 간 엄마는 분명 남편이 없는 금년 생활비를 생각하고 있을 것이다…? 금년 사과 수확을 가늠해 보고 있을 게 분명했다. 제아무리 조선 여인 중의 생활력이 강하다고 해도 장순은 세 아이의 엄마이고 이제까지의 생활을 전적으로 남편 의존형인 조선 아내였다.

웃는 자와 우는 자

 가비가 사거리 상점 거리에 이르렀을 때였다. 잽싸게 조선 사람의 베잠방이 차림으로 변장한 일본인이 몰매를 맞고 있었다. 아들이 징병에 끌려가서 악에 받친 노인은 지팡이로 조선 사람 옷을 입은 일본인 정강이를 사정없이 후려친다.
 "이놈의 왜놈 새끼 놈아! 죽어라. 이 왜놈의 새끼야. 죽어라. 죽어라…!"
 재빨리 조선인 복장으로 변장 한 일본 사무원은 극도의 비명을 지르며 발길로 찬 공처럼 대굴대굴 구른다. 그의 아내는 정신을 잃은 남편에게 엎어져 처절한 통곡을 쏟아내었다. 처참한 보복의 응징이 활화산처럼 확대되고 있었다. 소름 끼치는 울분의 광란이 도처에서 자행되었다.

사방에서 꽹과리 치는 소리가 따발총 소리처럼 퍼지고 흰옷 입고 상투 튼 농부들이 징을 치고 장구를 치며 정신없이 몰입하여 꽹과리를 친다. 부귀영화를 한껏 누리고 저승길로 가는 상여 행렬 뒤로 만감이 교차하는 거리였다. 처참한 보복은 계속되었다.

모두 다 죽여 없애라. 때려 없애라.

일본 왜놈의 새끼들을 모조리 때려잡아야 한다. 우리가 착취당한 배고픔을 생각해라! 다들 밥 굶으며 피박 당한 우리 조선 백성들이여! 다 모여라. 장대 같은 아들을 빼앗아 가고 옥구슬 같은 어린 딸들을 전장의 성노예로 잡아간 악독한 일본 놈들이다. 모두 다 잡아 없애라!

가비는 두 손으로 귀를 막고 눈을 가렸다. 오늘 아침까지도 이런 광란이 도래하리라곤 누구도 생각 못한 세상이었다. 남자애들 딱지치기에 딱지 한 장이 홀랑 뒤집힌 것 같았다. 도저히 믿을 수 없는 엄청난 난리였다. 정녕 한 치 앞을 알 수 없는 것이 인생살이라고 징용에 간 막내아들을 위한 할머니의 애끓는 넋두리는 귀중한 진실이던가. 순식간에 홀라당 뒤집힌 세상, 멍청이가 된 듯 가비는 아무것도 알 수가 없었다. 구니모토 선생님이 언제고 전쟁은 끝날 것이고, 딴 세상이 올 것이라고 말한, 그 세상이 마침내 온 것이었다.

장대 같은 아들을 징병에 빼앗기고, 옥구슬 어린 딸들을 일본군 정신대에 빼앗긴 식민지 조선 백성의 피맺힌 설움이 활화산처럼 폭발한 것이었다. 일본에게 나라 잃고 착취당하며 굶주린 백성들의 원한은 강풍을 만난 들불처럼 읍내 곳곳으로 퍼져가고 있었다.

… 저기 저 수건을 머리에 동여맨 쪽발이 놈을 잡아라.

… 저기 저, 조선 치마저고리를 입고 고무신을 신은 일본 년을 잡아라.

… 잡아라. 잡아라. 모두 다 잡아서 쳐라. 죽도록 두들겨 패라!

가비는 일본인 노인 부부의 찢긴 조선옷을 벗기고 마구 폭행하는 모습에 눈을 감았다. 뒤집힌 세상의 보복은 온몸에 소름이 끼치고 가슴 떨리는 공포를 느꼈다. 인정사정없이 손에 잡히는 대로 일본인들에게 폭행을 가하는 어른들은 오래된 곰팡이처럼 원한의 독이 깊어 좀체 사그라지지 않아 보였다.

가비는 사거리 큰아버지 약국 근처에서 발걸음을 멈추었다. 놀라운 사태에 팔려 가즈오 생각을 잊고 있었던 가비는 돌아온 금자에게 등짝을 한 대 맞은 것같이 놀랐다. 가즈오의 부모와 가즈오 남매가 사거리 건강병원 앞에, 병원장네 식구들처럼 두 팔이 뒤로 결박당해 있는 것을 보게 되었다.

구니모토 선생이 조선 아이, 일본 아이 구별치 않은 것처럼 환자들을 일본 사람. 조선 사람을 차별치 않고 치료해 준다고 좋은 소리를 듣던 건강병원 원장도 가즈오 아버지 야마다 교장처럼 화풀이 군중들에게 분풀이 보복을 당하고 있는 광경에 가비는 도망가고 싶다.

펄펄 끓는 용광로로 폭발한 군중들은 조헤이 담당자 이시가와를 내놓으라고 닥치는 대로 난동을 부렸다.

가즈오의 누나 사치코와 여자 사촌들은 땅에 내던진 보퉁이처럼 엎어져 있었다. 가즈오가 사촌 형들과 굴비처럼 한 줄에 묶여있는 모습에 가비는 손으로 눈을 가리고 돌아서고 말았다.

일본 국가가 저지른 죄악의 앙갚음을 당하고 있는 일본 사람들 모습에 가비는 국가와 국민의 의미를 정확히 이해할 수 없는 소학생이었다. 마음속으로 가즈오의 이름을 부르며 가비는 오직 마음 쓰라린 혼란에 빠졌다. 그때였다. 갑자기 나타난 늙수그레한 조선 남자가 병원 앞에 포박당한 일본 사람들의 포승줄을 칼로 베어 풀었다.

"나는 소학교에서 지리를 가르치는 조선인 교사요!" 하고 신분을 밝힌 남자는 잽싸게 군중 속으로 숨어버렸다. 가비는 자기 눈을 의심하지 않을 수 없었다.

결박에서 풀려나자마자 가즈오네 식구와 건강병원장 식구들은 땅바닥에 엎어져 있던 여자들까지 눈 깜짝할 사이에 총 맞은 맹수같이 역전으로 내달렸다. 군중들은 믿을 수 없는 광경에 옆 사람들을 휘둘러보며 두리번거렸다. 혼신의 힘으로 달려가던 가즈오의 모습은 어른들에게 가려져 뒷모습도 보이지 않았다. 그들이 온 힘으로 달려간 역엔 그들을 일본으로 실어 갈 일본 배가 제물포항에 대기하고 있었다는 걸 가비가 안 것은 다음 날 오후였다.

일본인들이 사라진 읍내는 좀도둑들이 득실대어 두렵고 어수선하였다. 해가 진 저녁이면 그냥 으슬으슬하였다. 전에 없이 한낮에도 집집마다 문단속을 하였다. 걱정 많고 우울한 가비는 아버지 방에서 라디오를 듣는 자기를 의지하는 장순의 맏딸이었다. 난리통에 용인 집에 다니러 간 식모가 한 달 넘게 오지 않아 장순은 아침상을 치우자마자 막내를 업고 과수원으로 간다. 노인처럼 장순은 가비에게 강아지 밥과 닭 모이와 토끼장을 살피라고 조목조목 잔소리를 한다. 중한 병자로 징용에 간 아버지가 영양부족의 식사와 과한 노동을 이기지 못하여 목숨을 잃지 않았을까. 엄마의 근심은 설봉산보다 높다는 걸 가비는 익히 알고 있다.

계절이 바뀌자 같은 징용 기차를 타고 징용 갔던 동네 남자들이 속속 돌아오고 있었다. 가비 아버지 김순일은 여전히 감감소식이었다. 극한 불안에 몰린 장순은 극기의 정신으로 매일 마지막 사과 수확 잔일을 돌보는 구실로 과수원으로 간다. 사람은 지적 능력차이 없이 일상에 몰입할 문제가 있어야 한다는 걸 가비는 공민 시간에 배웠다. 앗! 구니모토 센세이도 조헤이에 갔는데…? 퍼뜩 떠오른 구니모토 생각과 우울한 아버지 생각에 가비는 너무도 보고 싶었다.

가을이 왔다고 해도 날씨는 덥고 대청마루의 시계는 느릿느릿 간다. 아버지가 안 계신 집 안은 사내 동생이 떠들고 수선을 피워도 허전하고 쓸쓸하다. 가비는 징용 가는 역에서 아버지가 지시한 대로 매일 닭장과 토끼장의 움직이는 인형 같은 토끼 두 마리에게 뒷동산의 토끼풀을 뜯어다 깨끗하게 씻어서 주었다. 그리고 아버지가 특별히 귀여워하는 하양이 밥을 아침저녁 두 번 챙겨준다. 몸을 씻어주고 꼼꼼하게 하양이의 하얀 털을 빗어 주며 하양이가 시원해하는 표정에 기쁨을 느끼곤 한다. 목욕한 하양이 머리에 뽀뽀를 해주면 어린 하양이의 입이 열리고 눈빛이 반짝이는 걸 보며 가비는 아버지의 덧니 미소가 이윽히 떠오른다.

그때, 쇠대문의 작은 쪽문을 밀고 아기 업은 여자 거지가 마당으로 들어왔다. 가비는 토끼풀을 뜯어 온 후에 쪽문을 잠그지 않은 생각에 후회가 들고, 아기 업은 거지 여자에게 줄 것이 없어서 그냥 미안했다. 소쿠리에 찐 감자 두 개뿐이었다. 더 줄 것이 없다고 고개를 젓자 거지 여자는 가비 혼자뿐인 집안을 휘둘러보고 뒤란까지 둘러보았다. 무섬증이 든 가비는 빨리 가라는 손짓을 하였다. 거지 여자가 가자 쪽문을 잠그고 자기 방으로 갔다. 책상의 유치원 졸업사진을 보며 가즈오는 잘 갔을까…? 걱정이 된다.

'8·15 해방의 날, 어른들 틈에 릴레이 선수처럼 죽어라 내달려 가던 가즈오야. 너도 내 생각하니, 보고 싶다. 가즈오야…!'

다음 날 아침, 집안을 둘러본 장순은 남편 방의 유성기와 라디오가 없어진 것을 발견하고 아연실색하였다. 여자 거지가 뒷마당까지 갔었다는 가비 말에 장순은 집안을 구석구석 살피고 철대문은 물론이고 쪽문까지 단단히 단속을 하였다. 도대체 여자 거지 도둑이 어느 곳으로 들어온 걸까. 아무리 살펴봐도 틈새는 없다.

결국 과수원지기 황씨가 발견한 곳은 큰 사철나무를 두세 줄로 심고 질긴 밧줄로 묶었는데, 한 곳이 헤쳐진 것이었다. 얼마나 무서운가. 아기 업고 온 여자 거지가 도둑과 한 패였다니…?

장순은 황씨의 권유로 사철나무 담에 가시철망 두 줄을 둘렀다. 안심한 장순은 아침 6시까지 밤샘을 한 끝에 초록색 실로 한 땀 한 땀씩 수놓은 無事歸還(무사귀환) 일곱 개를 아버지 서재 책상 벽에 붙여놓았다. 가비 눈에는 신기하고 훌륭한 예술 작품이었다. 보고 또 보아도 가비 눈엔 예술작품이었다 아름답기 그지없다. 엄마의 지극한 정성이 깃든 자수를 감상하며 가비는 아버지를 향한 엄마의 속 깊은 사랑에 눈물이 고인다. 그토록 아련한 감정을 느낄 때면 가비는 이지러진 낮 달 같은 표정이 되어 고독한 엄마의 염원을 느끼며 아침 나팔꽃잎의 이슬방울 같은 눈물이 또르르 맺히곤 한다.

도둑이 들었던 사철나무담장은 계획한 대로 튼튼한 가시철망 두 줄을 묶었다. 동네 사람들도 만족해하였다. 이젠 어떤 도둑놈도 우리 동네엔 얼씬도 못할 거라고 큰돈을 들인 장순을 칭찬하며 고마워하였다.

가비는 일본 국어책을 꺼내보고 생각에 잠겨있었다. 배울 필요가 없는 책이었다. 이제부터는 다른 어떤 과목보다 일본어 공부에 치중하라고 으름장을 놓던 야마다 교장은 가고 가즈오도 가고 없다. 깜짝 놀랄 만큼 세상이 변하였다. 가비는 아기 업은 거지 여자가 도둑과 한패였다는 생각에 동정심에 앞서 얄미운 생각이 들었다. 그 유성기와 라디오는 아버지가 폐 때문에 유학 2년 만에 귀국할 때, 음악을 사랑하는 아버지의 애장품으로 품고 온 것이었다. 나쁜 거지 여자. 그러니까 아기를 업고 거지가 되었지. 가비는 그 여자 거지에게 품었던 동정심이 저주로 사그라졌다.

눈보라가 치는 날 가비는 다리 밑에 천막 치고 사는 노인 거지가 불쌍해서 눈물이 난 적이 있다. 부모 없이 떠도는 아이 거지와 노인 거지는 엄동설한 겨울철이면 많이 죽는다고 한다. 어린아이 거지들의 미래는 어떻게 될까? 가비의 동정심은 안타까울 뿐이었다.

언제나 엄마가 만나러 가는 큰어머니가 엄마를 만나러 온 것은 오랜만이었다. 급기야 친일파 색출 바람이 거세어져 구속된 큰아버지의 구출은 절망적이라고 한다. 일본에 협력한 친일파들은 자기의 이익을 도모하기 위해 어떤 구실로든 동포들에게 해를 입힌 배신자 낙인이 찍힌 자들이었다. 반민족 부류인 것이다.

개학을 하고 가즈오가 없는 2학기가 되었다. 교사가 다 조선 교사로 바뀌었다.

한글을 배우기 시작하여 …아 이 오 우 에… 가 나 다 라 마 바를 배운다. 학생들은 교사들도 공부도 서먹할 수밖에 없었다.

그래도 새 공부에 열심인 가비는 즐거웠다. 혹시 오늘은, 오늘은, 아버지가 오실까…? 간절한 마음으로 집에 오는 발걸음에 바퀴가 달리곤 한다.

신문사 아저씨

 엄마… 하고, 외치며 대문 안으로 뛰어 들어간 가비에게 빵떡모자 아저씨가 손짓을 하였다. 달려들어 안기고 싶은 가비는 공손히 절을 하였다.
 "장차 우리 조선의 희망인 여자 기자 김가비, 많이 컸구나."
 가비는 아버지를 본 것만큼 연신 활짝 핀 해바라기꽃 웃음이 나왔다. 석양빛을 받아 주황색 비단을 펼쳐놓은 듯 화사하던 지난봄. 우리 과수원에 피신해 왔던 아버지의 제일 친한 친구인 고진의 아저씨가 오신 것은, 장마 끝의 반짝 해가 뜬 날 같이 눈부신 기쁨이었다. 장순도 연신 여울여울 웃는 얼굴이었다.

가비에게 장차 우리 조선의 여자 신문기자의 원대한 꿈을 심어 준, 조선의 제일 큰 신문사 기자이신 빵떡모자 아저씨가 공부에 대해 물었다.

"가비는 요즘 학교에서 뭘 배우니…? 아직 조선말 책은 없지…?"

"네, 조선글 교과서는 없어요. 그 대신 ㄱ ㄴ ㄷ ㄹ ㅁ ㅂ이랑 ㅏ ㅑ ㅓ ㅕ를 배워요. 그렇지만 저는 아버지에게 배워서 잘 쓰지 못해도 한글을 읽을 수 있어요."

가비의 목소리엔 담뿍 자랑이 넘쳤다.

"훌륭한 여자 신문기자는 대학교에도 가야하고 두루 각 방면의 공부를 많이 해야 한다는 걸 알고 있지?"

"네, 아저씨." 하고 고개를 끄덕인 가비를 기특한 눈으로 쓰다듬어 주었다. 공부하는 것이 좋은 가비는 자신 있게 대답하였다. 아버지가 계실 때처럼 부엌에서 맛있는 도마소리가 들리고 북어국 냄새가 대청까지 올라온다. 시금치와 숙주나물을 무치고 모처럼 아버지 상에만 오르던 더덕장아찌도 올랐다. 결혼을 안 하신 아저씨는 아이들이 둘러앉은 가정적인 밥상이 무척 즐겁다고 북어국을 더 청하셨다.

"순일은 참 행복한 친구군요. 행복한 그 친구는 아마 부산항에 도착할 마지막 징용자 귀국선에 있을지 모릅니다."

아저씨는 미귀환 징용자들에 대해 더 상세히 알아보겠다고 근심에 찬 엄마를 위로하였다.

"일본에서 학도병에 끌려가다가도 병을 과장하여 빠져나온 운 좋은 친구 아닙니까. 순일은 반듯이 생환할 겁니다. 가비야. 너도 어머니와 함께 너무 걱정하지 말고 아버지를 기다려야 한다."

고진의 아저씨가 그 특유의 웃음을 터트렸다. 가비는 '핫… 핫… 하…' 하는 아저씨의 웃음소리가 좋았다.

빙긋한 아버지의 미소와 달리 비구름이 걷힌 하늘에 무지개가 떠오른 것 같은 느낌이 들어 가비는 아저씨 웃음소리가 참 좋았다. 신문사 일 때문에 내일 아침 첫차로 떠나신다는 말에 가비도 엄마처럼 서운하여 눈물이 핑 돌았다.

이른 아침 기차역엔 색색으로 핀 코스모스가 바람에 하르르 하르르 잔물결을 일렁이었다. 키 큰 해바라기꽃은 화판 속에 새까맣게 영근 꽃씨를 한가득 배고 있었다. 아버지 방에서 주무신 아저씨는 수심 싸인 엄마를 위로하신다.

"순일의 방 벽의 일곱 개의 〈無事歸還〉 수繡를 보고 감동했습니다. 가비 어머니의 그 간절한 정성이면 그 친군 총알을 맞았더라도 그 자리에서 벌떡 일어나서 올 겁니다. 너무 염려치 마십시오."

티 없이 웃는 얼굴로 아저씨는 엄마에게 희망의 격려를 해주었다.

"고 선생님. 신문사 일이 바쁘시지만, 생환 징용자 명단 조사를 부탁합니다. 속히 부탁합니다. 혹시 가비 아버지가 누락됐다면… 명단에 오류가 있지 않았을까, 불안합니다."

장순은 일본 여자처럼 여러 번 깊은 절을 하였다. 가비는 문득 엄마가 이시가와 사무실에서 아버지 징용을 피하게 해달라고 애원의 절을 한 굴욕적인 모습이 되살아나서 분한 마음을 깨물었다. 그 악한 일본 순사는 어디로 도망간 걸까…? 그 악독한 이시가와 순사는 자기 형들과 같이 제물포로 실어 가는 일본인들 기차를 타지 않은 건 분명하였다. 조선 땅 어디 깊은 산속 절간 같은 데 숨어 있는 건 아닐런지.

가비가 혼자 할머니에게 갔다.

점심을 잡수신 할머니가 징용 간 막내아들 생각에 이시가와를 저주하는 모습은 참담해 보였다. 계란을 바위에 깨 놓으면 계란이 순식간에 익을 정도로 푹푹 찐다는 필리핀 남양군도로 기어코 병든 아들을 보낸 '그 일본 순사 놈은 화 있을진저! 큰 화가 있을진저!' 하고 저주를 하셨다.

"악한 일은 하늘이 먼저 알고, 두 번째로 땅이 알고, 세 번째 자기가 알게 되는 법이다."

할머니는 손녀딸에게 인생의 선악 법칙을 강조해 주셨다. 알겠느냐. 선한 일을 행한 사람도 마찬가지다. 그만큼 악행을 행한 죄는 엄정嚴正하여 자기에게로 돌아오고 만다는 진리를 가비는 중학생이 된 후에야 이해하였다.

고진의 아저씨가 경성으로 돌아가는 아침.

언제나 기다리는 시간은 무정하고 느리기만 하다. 여주에서 오는 기차를 기다리는 아저씨 옆에서 가비는 맑은 아침 하늘을 올려다본다. 갑자기 역무원이 확성기로 기차가 30분쯤 연착할 것 같다고 외치고 다녔다. 고진의 아저씨는 여주에서 출발한 그 기차로 수원역까지 가서 경성행의 기차로 갈아타야 한다. 신문사의 경제부 책임자인 아저씨는 신문사에 출근하자마자 사회경제 논설을 써야 한다는 것을 가비는 알고 있다. 아저씨는 몹시 초조하고 불안해 보인다.

가비는 하늘거리는 코스모스를 눈여겨보고 있어도 눈꺼풀이 감기곤 한다. 감은 안막에 넉 달 전 아침, 엄마와 사거리에 나가서 한 땀씩 받은 붉은 실로 쓴 천인침 수건을 이마에 동여맨 아버지 모습이 사진처럼 뚜렷이 어리었다. 아버지가 탄 징용 기차가 사라지던 마지막 모습이 가비에게 슬프게 확대되었다.

그 나쁜 이시가와 순사는 라디오에서 일본 천왕이 전쟁에 졌다고 항복하자마자 어디로 튀었는지 가족도 그의 행방을 아는 사람이 전혀 없었다. 가즈오네 식구와 병원장의 식구들이 포승줄에서 풀리자마자 육상선수들처럼 기차역을 향해 죽어라 뛰던 모습이 가비의 안막에 인장을 찍은 것 같이 박혔다. 영영 잊혀지지 않을 순간이리라. 꿈을 꾼 듯한 그 장면은 실제로 그날 밤, 가비 꿈에 나타나기도 했다. 그들은 모두 자기 나라로 갔을까…? 특히 가즈오는 무사히 갔어야, 그래야 이 다음에, 나와 약속한 대로 만날 수 있을 테니까.

"이 세상 지구 끝까지도, 아프리카 남미의 끝 알젠친까지도 가비 너를 찾으러 갈 거니까…"

수원행 기차가 20분 늦게 들어오는 소리가 나자, 아저씨가 갑자기 가비 손에 봉투를 쥐어 주었다. 놀란 가비가 장순을 쳐다보는

데, 아저씨가 급히 기차로 올라갔다. 장순을 따라 가비도 기차 창문에서 손 흔드는 아저씨를 향해 공손히 절을 하였다. **빼액빼 빼액 빽** 소리를 지르며 기차가 떠나기 시작하였다. 화통 소리를 지르며 수원행 기차가 속력을 내기 시작하였다.

 기차는 점점 멀어져 가고 가비는 코스모스가 하르르 하르르 꽃잎을 흔드는 벤치에 앉아서 코스모스 꽃을 바라보고 있었다. 아기 업은 장순은 기차가 사라진 쪽을 응시한 채 서 있었다. 외롭고 가련한 모습이었다.

 가비의 첫 단독 여행의 시발점은 소학교 1학년 때였다. 첫 여름 방학 때였다.

 할머니가 두 손자와 며느리 장순을 화성의 친정으로 보낸 것은 아버지의 치료를 위한 한의사의 지시였다. 다감하고 섬세한 아버지는 어린 가비가 화성 외할머니 집에 있는 엄마를 만나러 가는데 필요한 준비를 세심하게 해주었다.

 조선 아이 일본 아이 18명 중에서 한 살 어린 가비는 키가 작고 가냘픈 아이였다. 아버지는 전보를 쳐서 엄마가 마중 나오도록 해주었다. 또 가비가 학교 갈 때, 웃옷 왼쪽 가슴에 곱게 접은 손수건을 핀으로 꼽고 달고 다니는(저학년의 규칙) 손수건 위에다 가비 이름과 도착지가 화성역이라고 쓴 쪽지를 붙여주어서 창피했지만, 가비는 다소곳이 불평을 하지 않은 조신한 딸이었다.

대신 가비는 기차가 정거할 때마다 정거장 수를 세어서 열두 정거장 째인, 화성역에서 내렸다. 귀 옆에 혹이 달린 혹부리 아저씨가 옆자리에서 곰방대를 피어서 눈이 맵고 기침이 나서 가비는 너무 괴로웠다. 그뿐 아니었다. 개떡이며 수수엿을 주어서 수줍은 가비는 조금씩 받아먹을 수밖에 없었다. 기차가 기적소리를 내며 다음 정거장으로 출발할 때마다 가비는 가슴이 벅차고 설레어서 창밖 풍경에 눈을 뗄 수가 없었다.

식민지 시대 고작 조선 나이 일곱 살인 가비가 미국과 구라파까지 넓은 세상을 다 가보고 싶다고 신문기사 때문에 피신오신 고진의 아저씨가 계신 아버지 앞에서 당당하게 고백한 세계여행 중의 첫 단독 여행이었다. 스스로 생각해도 자랑스럽고 기념비적인 첫 번째 단독 여행이었다. 아버지 엄마와 경성 화신백화점에 갔을 때, 가비가 인형 대신 신기한 지구의를 집어서 특히 아버지를 의아케 한 가비는 인형 놀이보다 모든 나라가 그려져 있는 둥근 지구의를 돌려가며 보는 걸 더 좋아한 소학교 일학년 때부터였다.

매일 밤 아버지의 무사귀환을 위한 초록색 수실로 한 땀 한 땀씩 하늘에다 호소를 하듯 수를 놓는 엄마의 고난을 아는 가비는 아버지의 센닌바리 수건을 생각한다. 무더운 8월의 태양 아래 사거리에서 지나가는 여자들에게 공손한 절을 하고 빨간 수실 바늘을 건네주고 武運長久(무운장구)의 수를 한 땀씩 받아서 만든 수건을 머리에 매고 아버지가 탄 그 징용 기차는 지금 어디쯤 가고 있을까.
　자주 엽서를 보낸다고 약속한 아버지의 엽서는 무소식이었다. 경성 신문사에 가자마자 징용 생환자의 명단을 조사해 보고 전보를 치겠다고 한 고진의 아저씨의 엽서도 없다. 하루하루 숨이 막히고 불안한 가비는 잠이 오지 않는다.
　마침내 고진의 아저씨 무소식에 지친 장순은 결단을 내렸다. 막내를 큰댁에 맡기고 경성으로 떠났다. 가비 아버지와 두 번 화신백화점 구경을 갔었기 때문에 경성이 낯설지만은 않았다. 일제 때, 세 살 된 가비를 업고 왔고, 가비가 유치원을 졸업하고 소학교에 입학했을 때, 두 번 와본 경성과는 너무도 달라 보였다. 무엇보다 거리에 곱게 차린 일본 여자들이 보이지 않고, 여전히 오가는 한 칸짜리 전차엔 양복 차림도 보이고 흰옷 입은 우리 조선 사람들의 모습은 사뭇 밝고 환하였다.

장순은 물어물어 서울역에서 멀잖은 A 신문사를 찾아가서 고진의 씨를 만날 수 있었다. 놀랍고 반가운 고진의 씨는 일이 바빠서 급히 말하였다.

순일에 대한 한 가닥 희망을 품을 수 있는 소식이면 곧장 가비에게 달려갔겠지만, 신문사를 쉽게 비울 수가 없었고 차일피일 연락이 늦었다고 거듭 사과하였다. 불안한 장순은 그가 쓰는 논설문이 잘 써지기를 신문사 뒷마당에서 초조하게 기다리고 있었다. 여러 가지 생각들이 마음을 조리며 불안한 기분에 젖어 있었다.

고진의 씨가 장순을 신문사 1층 다과점으로 안내하였다. 피곤하고 허기진 장순은 자기 접시의 빵과 우유를 다 먹었다. 예의를 차릴 수가 없었다. 새벽 첫 기차로 떠난 그녀는 그토록 허기가 들었다.

"지금으로선 어떻게도 할 수가 없지만, 우리 조선에 남은 일본 사람들보다, 일본에 남아 있는 우리 조선 징용자들이 상당히 많다는 소식입니다. 그 말에 나는 순일을 만난 것처럼 기뻤습니다."

"그럼, 가비 아버지가 일본에 남아 있을 수도 있다는 거죠?"

"그럴 가능성이 많습니다. 병이 심하거나 기운이 딸려서 징병 귀국선을 타지 못했다면, 그건 순일이 살 운명인 겁니다. 조선으로 오던 징병 귀국선이 태평양에서 침몰했다고 합니다. 그래서 모두 수장을 당했다는 말은, 일본의 짓일지 모른다는 후문이니 얼마나 끔찍합니까?"

장순의 생각이 열리었다. 희망이 손짓을 하는 느낌이었다. 희망은 미래의 등불이 아닌가. 장순은 고개 숙이고 묵언 감사기도를 하였다. 고진의 씨는 엽서와 전보로는 자세히 설명할 수가 없어서 곧장 E읍엘 갈 생각이었으나, 신문사를 빌 수가 없었다고 거듭 사과하였다. 장순은 근심으로 뭉쳤던 속이 트이는 기분이었다. 낭보였다. 이 기쁜 소식을, 한시바삐 E읍으로 가야 한다. 그녀는 고진의 씨에게 택시를 부탁하여 서울역으로 갔다. 수원역에서 갈아타고 E읍에 가는 막차가 10시에 있다는 걸, 이미 아침에 올 때 알아보고 왔다.

마침내 수원행 기차를 탄 장순은 피곤하여 저절로 눈이 감긴다. 누가 옆에서 말하는 것같이 이명이 들렸다.

"지금은 일본을 전혀 맘대로 갈 수가 없습니다. 물론 그쪽에서 오지도 못합니다. 붙들리면 감옥행입니다. 밀항선 말고는 없습니다. 그러나 가비 어머니, 한 가닥 희망을 굳세게 품으셔야 합니다. 혹시 순일이 병 때문에 귀국선을 타지 못했다면 그건, 불행 중 다행이 아닐 수 없습니다. 그건, 천운입니다. 그 마지막 조선 징용 노무자들의 귀국선이 침몰해서 수장을 당했다는 소식에 나는 정신이 아뜩했었습니다."

장순도 마찬가지였다. 생환 징병자들이 탄 귀국선이 태평양 바다에 침몰했다는 말에 숨이 넘어가는 것 같았다.

"순일은 운이 참 좋은 친구입니다. 병 핑계로 그 극심한 학도병에서도 빠져나온 친구입니다. 분명 병약해서 그 마지막 귀국선을 타지 못했을 겁니다. 순일은 일본에 남은 징병 잔류자에 있을 겁니다. 가비와 함께 순일의 생존을 굳세게 믿으십시오."

잔뜩 긴장한 얼굴로 경성에 갔던 장순은 봄 햇살 같은 얼굴로 귀가하였다. 자리에 누웠던 노마님은 용기 있는 며느리의 희망찬 소식에 만세를 부르듯 벌떡 일어나셨다. 기쁜 동서가 정성껏 해드린 깨죽 한 공기를 드시고 끊었던 궐련을 피우신다.

가비는 아버지가 살아계시기만 하면, 언제고 만날 수 있으리라는 확고한 믿음으로 가슴이 벅차올랐다. 장순은 묵언 감사기도를 하며 흐르는 눈물을 연신 닦는다. 우리 아이들은 반듯이 아버지가 있는 집에서 자라갈 것이며 나는 좋은 남편과 아이 셋과 오붓한 둥지에서 행복한 어미새 같이 행복하게 살 것이다.

가비는 가즈오를 향한 생각에 잠겨 있었다. 특별히 떠오른 건 고마운 마음이었다.

가즈오는 가비의 애기손가락을 깨물 것처럼 와락 입 맞추고 사 사코와 언덕을 구르는 공처럼 내려갔다. 가비는 자기 왼손 애기손 가락을 본다. 귀여웠다. 가즈오는 초등학교 2학년 때부터 가비의 왼손을 붙잡고 다녔다. 가비가 처음엔 그 이유를 알지 못하였다. 그냥 가즈오가 자기 애기손가락이 귀여워서 붙잡고 다니는 줄만 알았다. 자기 왼손이 육손이라는 약점이 있는 여섯 개의 손가락인 것을, 가비는 알지 못하였다. 사람들의 눈이 두 개인데, 눈 하나가 감겨서 떠지지 않는 외눈박이를 애꾸눈이라고 흉보는 것을 알게 된 것은, 한참 후였다. 가즈오가 왜 그렇게 자기 왼쪽 손을 꼭 붙잡 고 다녔는지 알게 된 요즘 가비는 가즈오 없이 혼자 다닐 때는 아 무도 없는 길에서도 왼쪽 손을 주먹을 쥐고 다니었다. 착한 가즈오 가 고맙고 기쁜 마음에 가즈오가 더 보고 싶어졌다.

불현듯 가비는 2학년 소풍 때 본 설봉산의 진달래도 보고 싶고 다정하고 우정 깊은 가즈오가 더 보고 싶었다. 소학교 입학 기념으로 1학년 여름방학 때, 폐결핵 기침 때문에 마스크를 쓴 아버지와 여주 신륵사에 갔던 기억에 어린 가비는 눈물방울 달린 채, 잠들었다.

기다리지도 않은 추석날이 왔다. 추석맞이 색동옷들이 나풀나풀 춤을 추는 동네 아이들은 귀엽고 행복해 보였다. 꼬까옷 입은 아이들은 골목이 떠들썩하도록 먹을 걸 손에 쥐고 제비들처럼 재잘대었다. 추석날이라 고깃국 든 아침밥을 실컷 먹은 강아지 마냥 신이 났다.

엄마 옆에서 사내 동생의 손잡고 큰댁으로 가고 있는 가비는 작년 추석엔 노란 개나리꽃 무늬의 새 저고리를 입은 생각에 울적해진다. 해마다 추석 때면 고단한 눈을 비비며 엄마는 세 아이에게 새 옷을 지어 입혔다. 엄마는 가지색 뉴똥 한복을 꺼내 입고 창호지에 고이 싸 둔 꽃 그림 고무신을 신었다. 한복이 거추장스러워 양복 차림인 아버지와 새 옷 입은 세 아이를 데리고 흥겹게 큰댁으로 가곤 하였다.

비둘기색 모본단模本緞 차림인 근엄한 할머니 집은 온종일 웃음꽃밭이었다. 풍채 좋은 한복차림의 큰아버지가 곤색 양복이 멋진 동생 순일과 담소하는 모습은 잔치 날 풍경이었다. 하지만 올 추석은 사뭇 다르다. 할머니가 제일 애지중지 아끼는 막내아들은 끝내 징용에 끌려가고 큰아들은 친일파 색출에 구속되어 울적한 나날이었다. 가비는 해마다 한가위 명절날이면 동갑내기 사촌인 삐치기

쟁이 가경이와 새 옷 자랑을 실컷 하고 깔깔대었다. 고소한 깨와 밤 송편이랑 호두를 깨물고 약과 잣강정을 손톱에 봉숭아꽃 물들인 양손 가득 들고 해 저물도록 놀았다. 공기받기 시합을 하고 줄넘기 자랑을 뽐내느라 해지는 줄 몰랐었다.

울적한 가비 모습을 살피며 쓸쓸한 장순은 남편이 양손에 아이들 손을 잡고 집으로 오던 생각에 눈물이 고인다. 동서가 저녁 먹고 가라고 극구 만류해도 몸살이 오는지 으슬으슬 한기가 든다고 한사코 손사래를 친 장순은 허전한 집으로 그냥 왔다.

"저녁은 형님이 싸주신 전이랑 토란국이면 충분하고 아이들은 넉넉히 주신 송편이랑 약식 약과도 잘 먹고 놀 테니까, 걱정 마세요. 형님."

계절은 뒤란의 오동나무 잎이 우수수 떨어지는 날씨였다. 겨울을 재촉하는 찬비 오는 오후, 징용에서 돌아온 동네사람 둘이 찾아왔다. 두 사람 중의 몸집이 작은 남자가 심장이 타는 엄마에게 비상砒霜과 같은 말을 물총 쏘듯 쏟아내었다. 7,000개나 되는 필리핀 섬 중에서도 가장 끝 쪽 섬에 있던 조선 징용자들이 일본군에게 쏜 연합군의 폭격으로 몰살했다는 비보를 지껄였다. 또 우리나라 조선 징용자들을 나르던 일본 수송선이 연합군 폭격에 모두 다 물고기 밥이 되었다고, 무식한 두 남자가 신이 나서 주절대었다.
바다로 튕겨 나간 몇몇은 허우적이다가 기진하여 수장 직전에 미군 함정의 군목軍牧을 만나서 죽을 목숨 몇이 살아났다고, 그중 하나가 자기라고 숭숭 얽은 뚱뚱이 곰보가 벌쭉벌쭉 웃었다. 창피한 걸 모르는지 무지렁이 자랑을 계속하였다.
"아직까지 안 오는 이 집 주인이 살아오리라고 고대하는 건, 눈보라 속에서 무지개가 뜨길 기다리는 것만큼이나 헛된 일입니다. 단념하는 게 좋을 겁니다."
장순과 가비 가슴에 독침을 찔러대고 갔다.

그날 이후, 최후적인 절망감에 빠진 장순은 갑자기 시력이 약화되어 사거리 안경점에서 맞춘 안경을 쓰고 다녀야 했다. 그리고 몇 주일이 지난밤. 잠 못 들고 뒤척이던 장순은 무서운 신음을 토해내며 뒹굴기 시작하였다. 몸부림치는 엄마 요에 흥건한 피를 본 가비는 큰엄마를 부르러 대문을 박차고 나갔다. 캄캄한 그믐밤이었다. 겁 많은 가비는 무서움에 입을 앙다문 채 빨리 가려고 할아버지 산소가 있는 뒷동산을 지나고 드넓은 돌담 밭을 가로질러 뛰어갔다.

그날 밤, 장순은 실신할 것 같은 고통 끝에 태아를 사산하였다. 그리고 오래도록 일어나지 못하였다. 밤에 잠들지 못하였고 제대로 밥을 먹지 못하였다. 안경을 쓰고도 사물이 희미하게 보일 정도로 남편을 기다리는 장순의 희망과 시력은 급격히 하락 일로를 갔다.

강인한 노마님이 자리에 누우셨다. 손자를 고대하던 그는 폐결핵을 안고 징용에 간 막내아들의 무소식과 며느리의 사산으로 기력을 잃고 말았다. 설상가상 구속된 큰아들은 제대로 된 재판도 없이 지지부진 시간만 끌고, 안 좋은 일이 겹치기로 왔다. 큰엄마의 시앗인 가경 엄마가 야반도주를 하였다. 남편의 토지를 헐값에 팔아넘기고 그동안 빼돌려 뭉뚱그려 두었던 일제 때의 배급품까지 몽땅 싸 가지고 튀었다. 그녀는 낳기만 하고 본처가 기른 딸을 두고 종적을 감추었던 것이다.

"그것이 어미냐…? 경성에서 전문대학 공부를 했다는 신식 여자인 것이…?"

노마님은 병석에서 노발대발이었다. 위중한 폐병을 안고 징병에 간 막내아들은 소식이 없고, 자기 소유의 땅 판 돈을 독립군 자본금을 품고 중국으로 간 둘째 아들은 해방이 되고 딴 세상이 되었어도, 감감소식이었다. 가비는 뒷마당 그네에 앉아 그윽한 보름달을 바라보며 눈물을 짓는다.

　가비는 쌓여가는 불안한 생각이 독버섯처럼 자라고, 장순은 눈물 젖은 비탄의 나날이었다. 남편의 무사귀가를 피 마르게 고대하는 장순은 아이들이 잠든 밤. 기도의 수틀을 안고 녹색실로 한 땀 한 땀 無事歸還(무사귀환) 바늘을 뜨며, 마음을 사른다. 가비는 매일 아침. 아버지가 탄 징용자 귀국선이 태평양 바다에 침몰하는 악몽에서 눈을 뜨곤 한다.

　겨울을 재촉하는 찬비가 내린다. 장순은 안방에서 아기를 재우고 가비는 대청마루 탁자에서 이제는 중요하지도 않은 방학 숙제장을 꺼내보고 있었다. 일본이 패전하지 않았으면, 2학기에 배울 일본어 국어책을 읽기 시작하였다. 비 오는데 하양이가 마루의 가비를 올려다보고 꼬리를 살살 흔들었다. 유리알 같은 하양이의 눈과 마주친 가비는 내려가서 하양이를 안았다. 아버지가 나무집에 빨간색 칠을 해준 집에 넣어주고 잘게 찢은 황태포를 주었다. 하양이가 제일 맛있어하는 간식이었다. 돌보던 아버지가 보이지 않자 영리한 하양이가 가비에게 붙었다.

"하양아, 비 온다. 나오지 마. 언니가 공부하고 놀아줄게. 코…오 자…"

가비가 비오는 하늘을 가리키고 자라고 큰 수건을 덮어주고 등을 토닥여 주었다. 두 살짜리 삽살 강아지는 말을 못해도 영리하여 상대의 말을 대충 알아듣는다. 그때, 철대문 두드리는 소리를 따라 장순 씨! 하고 부르는 소리가 들렸다. 잽싸게 뛰어나가면서 가비는 발음이 이상한 여자 목소리에 재빨리 쪽문 빗장을 열었다.

"앗. 가비!…"

'에이코 씨가…? 어머나…? 가즈오 엄마가 여길 오다니? 그 마지막 기차를 타지 않은 걸까…?'

가비처럼 말문이 막힌 에이코가 가비의 손을 잡으며 웅얼거리듯 말하였다.

"그동안. 가비의 키가 많이 컸군요…"

"어서 오세요. 에이코 씨!"

"장순 상 계신가요…?"

에이코 목소리를 듣고 장순이 대청으로 나왔다. 도대체 어떻게 된 노릇인가. 야마다 교장과 함께 네 식구가 마지막 기차를 탄 에이코가 조선 땅에 있다니…?

'그럼, 가즈오는…?'

가비는 헛개비를 본 게 아닌가 싶은 느낌이었다. 일본으로 가는 마지막 기차를 타기 위해 엄마 아빠와 죽을힘을 다해 역전으로 뛰어가던 가즈오는…? 에이코는 오른쪽 뺨에 넓은 거즈를 붙인 얼굴에 손을 대고 장순과 마루 탁자에 앉는다. 가비는 가즈오가 마지막으로 잡은 왼손을 보며 여섯 번째 애기 손가락에 힘껏 입맞춤을 한 가즈오의 얼굴이 떠올랐다.

혼자 남은 에이코

"가즈오도 가비처럼 키가 컸을 텐데… 요. 고만 놓치고 말았어요…!"

눈가가 붉어진 에이코가 고개를 숙이고 그동안의 사정을 흐느끼듯이 토막토막 말하였다.

"장순 상, 다시 만나서 참으로 기뻐요. 내가 정신없이 앓는 동안 어느덧 9월이 가고, 가을비가 우수수 느껴지는 계절입니다. 참으로 괴로운 날들이었습니다. 한 달 넘게 나는 죽을 만큼 앓았어요. 오른편 얼굴이 으스러지고 가슴뼈가 골절되어 눕지도 일어나지도 못한 시간을 견디고 영영 못 보는 줄 안 장순 씨를 지금 만나고 있어요. 이건 기적입니다. 두 번째 기적이지요! 달리는 기차에서 뛰어내린 내 목숨이 멎지 않은 것은 무슨 운명이겠습니까…? 기적이란 말박에는요? 하늘에서 도운 신비한 기적이 아니고는 어떤 말로도 설명할 수가 없을 테니까요."

말을 맺지 못한 에이코는 멈출 줄 모르는 눈물을 닦는다.

"에이코 씨가 겸손하고 온유해서 하늘의 신령한 복을 받은 겁니다. 대단히 고맙고 신기할 따름입니다."

"그 기차 속에서 가까스로 내 손에 닿았으나, 끝내 가즈오는 내 손을 놓치고 말았어요. 통곡을 쏟으며 에이코는 야마다와 일본으로 간 가즈오는 지금 어떻게 살고 있을까요?"

죽지 않고 소생하여 친밀한 조선 친구를 보러온 에이코보다 가비는 더 의아하고 크게 놀랐다.

에이코는 야마다 모르게 가즈오를 데리고 내릴 작정이었다. 그러나 지친 가즈오는 일본인들 틈에 끼어 있는 야마다 팔에 얼굴을 묻고 있었다. 난리 속인 일본인들을 헤치고 기차 문 앞에서 에이코는 가즈오의 이름을 온힘을 다하여 악을 쓰며 불렀다.

"가즈오야! 가즈오야…!"

순간적으로 엄마의 목소리를 들은 가즈오가 벌떡 일어섰다. 야마다가 붙들었으나 가즈오는 빽빽한 일본 사람들 틈에 있는 엄마에게 가려고 온 힘을 다하였으나 허사였다. 이미 출발한 기차가 속력을 내기 시작하였다. 그 순간, 죽으면 죽으리라의 각오로 에이코는 기차에서 뛰어 내렸다. 땅바닥에 엎어져 실신을 한 에이코는 어떤 조선인 자전거에 실려 집에 오게 되자, 정신을 잃었다. 의식을 회복했으나 그녀의 시간은 무정하게 흘렀다. 공복인 밤과 낮은 기차바퀴 같이 흘렀다. 하루가 가고 오는 무아지경의 혼수상태가 계속되었다.

'이대로 죽는가…? 이대로 끝인가…?'

야마다 교장직의 무료 사택으로 사용하던 주택을 압수당하였다. 에이코는 앓는 시어머니 하나코의 집으로 갔다. 목숨이 달린 노숙자의 신세를 면할 수 있게 된 것이다. 어기찬 강물 같은 세상은 어디로 흘러가고 있는 걸까… 아무 생각 못하는 무의식 상태로 긴 시간이 흐르자 그녀는 자기가 숨을 쉬고 눈을 뜨고 있다는 걸 자각하였다. 한 달 두 달이 가고, 에이코는 자기가 살아 있다는 걸 또렷이 의식하였다. 병석에서 앓는 하나코의 보살핌이 위태로운 그녀의 목숨을 붙잡아주고 있었던 것이다.

에이코는 분노한다. 왜, 가즈오를 애타게 부르는 자기의식에 처음 만났을 때의 야마다 모습이 떠오른 걸까…? 체격이 비대하지 않고 젊고 친절한 야마다는 A대의 유망주 선배였다. 가장 아름다운 장미에게 가시를 준 신은 야마다와 결혼한 에이코에게 남편이 성격장애인 고통을 주었다. 지상에서 마지막 싸움이 된 그날의 불화는 가구의 위치를 옮기는 것 같은 의견충돌의 문제가 아니었다. 저녁 식후의 과일을 배로 바꿔오라는 트집이었다.

에이코가 다니는 과일 가게에 배가 없었다. 그 말을 들은 야마다는 갑자기 거실의 그릇장을 옮기자 윗옷을 벗어던졌다. 그리고 난데없이 에이코가 아끼는 수집품장을 왼쪽으로 바꾸자고 어거지를 부렸다. 일본열도의 유명 여행지와 외국 여행 때 수집한 에이코가 아끼는 도자기 수집장의 위치를 이 야밤에 옮기다니…?

소학생인 가즈오보다 유치한 정신연령의 가장이 아닐 수 없다. 그가 갑자기 탁자의 국화 화분을 마당으로 던지고 쫓아가서 구둣발로 꽃들을 짓밟았다. 하나코가 며느리의 생일 선물로 준 노란색 국화 화분이었다.

시어머니는 울고, 에이코도 울었다. 시어머니는 탁자를 치며 쌓인 설움을 풀어내고 에이코는 새벽녘까지 이웃집에 소음을 막으려고 라디오 음악프로의 볼륨을 높이고 울었다. 고부가 실컷 운 이상한 가족 이야기에 가비는 전기 인형처럼 눈을 깜빡이었다. 다소곳이 듣고 있던 가비는 '야마다 교장이 그렇게나 인격 장애자라니…?' 새치기로 생긴 자기의 왼쪽 손의 애기 손가락을 감춰주기 위해 항상 자기의 왼손을 꼭 잡고 다닌 가즈오 우정에 새삼 애틋한 고마움을 느낀 가비는 가즈오가 그리웠다.

시간은 말없이 홀로 흐르고, 계절은 10월이었다.

에이코가 병이 중한 시어머니 하나코의 병문안을 가자고 장순을 부르러 왔다. 반가운 장순은 아들 가즈오 없이 혼자 남은 에이코를 끌어안듯 맞이하였다. 에이코는 쓸쓸한 표정으로 가비를 바라보았다. 장순은 아기를 큰댁에 맡기려고 가비와 에이코를 데리고 채소밭 길로 들어섰다. 가비와 가즈오가 손잡고 학교에 가고 오던 채소밭의 채소꽃들이 계절 따라 동화처럼 피던 하얀 길이었다. 하나코의 병은 야마다가 이곳 소학교의 교장일 때, 자동차로 도청소재지의 먼 도립병원으로 모시고 다녔으나, 하나코의 확실한 병명을 모른다는 답변이었다.

"입맛을 잃어 곡기를 끊으시니 아무래도 사망하실 것 같아서 걱정입니다"

가비는 놀랐다.

'5일 장에서 노란 참외를 손잡이 달린 밀집 망태기에 담던 고상한 가즈오 할머니가 돌아가실지도 모른다는 말은. 죽는다는 말이 아닌가…?' 유난히 손자인 가즈오를 좋아하고 사랑하시는 하나코 할머니는 가즈오의 친구인 차분하고 예쁘다고 자기를 반갑고 친절하게 대해 주었던 기억에 가비는 눈물이 어린다.

"가즈오 작은 아버지의 〈건강병원〉은 없어지고, 대신 조선인이 원장인 〈평화병원〉은 경성에서 모셔온 유명한 외과의사로 수술을 잘하는 훌륭한 의사라고 합니다. 한방의사와 치료를 함께해서 유명하다는 소문입니다. 5일 장에서 두텁고 큰 두부와 콩나물 같은 식료품 파는 아주머니가 알려주었어요."

장순은 에이코가 시장 사람들에게 차별 대우를 받지 않는 것 같아서 고개를 끄덕였다.

"내 곁에 장순 씨 같은 친구가 있어서 얼마나 다행인지요? 엄청난 나의 불행에 크나큰 위로가 되는 장순 씨의 주인은 꼭 생존해 오실 겁니다. 나는 그렇게 믿고 염원합니다. 매우 문학적인 훌륭한 분이신 걸 압니다."

가즈오와 잠자리를 잡고 가지가지 색깔로 핀 식물들의 꽃을 구경하던 생각에 가비는 엄마와 떨어져서 걷는다. 채소들은 이미 시장으로 팔러 가서 밭은 민둥산처럼 허전하였다. 조금 남은 파만 꼿꼿하게 서 있었다. 경이롭게 날아오르던 물방울같이 하얀 파꽃은 가즈오처럼 없었다. 그 하얀 꽃들은 모두 물방울같이 공중으로 사라지고 없었다.

"폐병에는 대파를 듬뿍 넣고 끓인 보신탕이 양약보다 좋다는데, 도무지 가비 아범은 도리질을 치니, 가비 어멈이 권해봐라. 대파 넣고 끓인 염소탕이라고."

그 말을 들은 날. 가비는 아무도 없는 돌담 파밭에서 두 손으로 힘껏 파를 뽑았다. 아버지의 폐병 치료를 위해서 파를 몰래 뽑은 가비는 할머니께는 기특하다는 칭찬을 받고, 엄마에게는 남의 채소를 몰래 뽑은 건 도둑질이라고 종아리에 매운 회초리를 맞았다. 가비가 파를 훔친 것도 엄마가 종아리를 때린 것도 처음 일이었다.

장순은 가비와 에이코를 데리고 큰댁으로 갔다. 반가워하는 동서에게 에이코 시어머니 문병을 위해 잠깐 아기를 봐달라고 부탁하였다. 놀랍게도 기다렸다는 듯, 비단 저고리가 구겨질 것을 저어하던 노마님이 손자를 선 듯 받아 안았다. 큰동서와 장순은 이상한 눈으로 서로의 얼굴을 이윽히 바라보았다.

그날, 조선이 해방을 맞은 날 이후 에이코 시어머니 하나코는 일어나지 못하고 누워서 지냈다. 조선이 식민지에서 해방을 맞고, 일본이 전쟁에 진 후유증을 명확하게 인식하고 있는 지식인 노인은 그날. 큰아들 야마다에게 완강하게 고개를 저었다.

"나는 12년을 산 여기 조선 땅에 남고 싶다. 내 몸은 너희들에게 짐만 될 것이다. 나는 생의 종말을 이 땅에서 보내려고 이 집을 매입할 때 10년, 20년의 거주 계약이 아닌 평생을 살 주택으로 매입한 것이다. 내 생의 마지막을 살 집으로…"

그날, 에이코 자신은 물론, 남편 야마다 교장도 똑똑한 가지오도 에이코가 귀국의 생명줄인 그 제물포행 기차에서 뛰어내릴 줄 어찌 알았을까. 순식간에 엇갈린 운명이었다. 가즈오야! 가즈오야~아! 목이 터지도록 외친 에이코는 눈에 열기와 불안감이 튀는 일본인들 사이를 헤집고 손을 뻗혀 가즈오를 잡으려고 안간힘을 썼으나 허탕이었다.

기차가 떠나기 시작하여 가즈오의 손을 놓치고 만 것은 무슨 운명인가. 순식간의 일이었다. 기차에서 뛰어내린 에이코는 왼쪽 갈비뼈에 심한 골절상을 입고 왼쪽 얼굴뼈가 깨지고 의식을 잃었다. 자기 눈으로 하늘을 보고, 긴 병고에서 깨어나 조선인 친구 장순과 시어머니 병문을 온 에이코는 존경하는 하나코의 병상을 향하여 공손히 절을 하였다. 뒤따라 장순은 바닥에 엎드려 조선식의 큰절을 올렸다. 어저께 본 노인의 병색 짙은 얼굴에 에이코는 가슴이 두근거려서 장순에게도 차분한 조선 간호사에게도 아무 말을 하지 못하였다.

8·15 해방의 날. 맹수에게 쫓기는 사슴무리처럼 죽어라 뛰던 건강병원 원장네 식구들에 섞여 뛰던 가즈오 모습이 떠올라 가비의 눈은 붉어진다. 순식간의 일이었다. 들불에 쫓긴 새앙토끼같이 잽싸게 조선에서 탈출하는 마지막 기차를 타려고 있는 힘을 다하여 뛰어가던 가즈오 모습을 생각하며 가비는 "운명"의 단어를 생각해 본다. 한발 어른으로 성장한 느낌에 하늘을 올려다보았다.

느릿느릿 기어가는 거북이처럼 떠가던 B29가 없다. 어디로 가는 비행기인지는 알 수 없어도 굉장히 큰 비행기일 것은 분명하다고 빙긋 웃던 구니모토 선생님…. 가비는 그가 보고 싶다. 패전 직전에 조헤이 소집 명령에 센닌바리 수건도 없이 남양군도로 끌려간 구니모토 센세이는 부디 죽지 않았기를, 우리 아버지처럼 선량한 그는 절대로 살았기를…! 일본 아이, 조선 아이 구별 없이 진실하게 가르친 젊고 선량한 교사인 그는 꼭 생존해 있어야 한다.

서재애서 혼자 조용히 책을 읽고 시를 쓰는 우리 아버지처럼. 그는 꼭 살아있어야만 언제고 이 세상에서 가즈오를 만날 때, 구니모토 선생님도 함께 만나고 싶었다.

  가비는 이상한 냄새가 나는 병실에서 나왔다. 식물원처럼 화분이 많고 키가 천정까지 자란 대기실 행운목 앞에서 기도를 한다. 꼭 아버지와 가즈오를 만날 수 있을 때, 이 세상 어디에서도 구니모토 센세이와 마주 선 자기모습을 상상하며 가비는 눈 감은 채 오래도록 서 있었다.

"가즈오 할머니가 사망하셨다고 한다."

  엄마 말에 가비는 눈을 꼭 감았다. 슬픈 눈물이 고인다. 엄마와 병문안을 갔던 할머니가 병원침대에 누워있는 모습이 떠올랐다. 마음이 떨려서 가비는 내내 고개를 묻고 있었다. 그래도 눈물이 나고, 가까이에서 가즈오가 부르는 이명 소리가 들리었다.

"가네모토 야스히! 네가 이 세상 어디에 있어도, 나는 꼭 너를 찾을 거야. 나는 꼭 야스히. 너를 만날 거야."

"가즈오! 나는 너를 기다릴 거야. 언젠가 먼 훗날 우리가 꼭 다시 만날 수 있기를!"

하나코가 일본을 떠날 때, 관부연락선에 안고 온 애견 리리가 숨진 하나코 옆에 잠든 것처럼 죽어 있다는 말에 가비의 가슴이 쿵 울렸다. 죽었다는 말에 누가 뒤에서 자기를 때린 것 같이 놀랐다. 하나코는 리리를 강아지로 여기지 않았다고 한다. 말을 못할 뿐, 말을 알아듣고 함께 먹고 함께 자며 의사소통을 하고 감정 교류를 하는 파트너로 17년을 함께 살았다고 했다. 잘 때, 온유한 리리는 자기 집을 거부하고 하나코의 무릎 옆에서 조용히 자곤 하였다. 하나코의 유언을 따라 에이코는 특히 장례 책임자 반대에도 고이 잠든 리리를 하나코 옆에 눕혀 주기로 결정하였다.

에이코는 사망한 자를 본 적이 없고 일본 장례에 대해서도 알지 못한다고 막막한 눈빛이었다. 장순은 과수원 책임자 황씨에게 장례에 대한 절차를 신중하게 부탁하였다. 주인이 징용에서 돌아오지 않고 있는 안타까운 안주인의 요청이었다. 황씨는 장의사에게 자문을 구하여 일본 노인 장례를 책임지겠다고 고개를 크게 끄덕였다. 막막한 에이코와 장순은 깊이 안도하였다.

이곳에 남은 일본인 중 제일 연장자는 거동이 불편하고, 한밤중의 화재로 졸지에 부모를 잃고 고아가 된 유치원 아이까지 12명이었다. 대부분 마지막 귀국 기차에서 누락된 서글픈 일본인들이었다. 그들은 인심 후한 황씨 네 멍석 마당에서 오랜만에 떡국과 막걸리 대접을 배부르게 받았다.

추석이 지난 날씨는 화사한 산들바람이 묘지 주위로 살랑살랑 지나간다. 에이코는 시어머니가 원한 대로 설봉산 양지바른 곳에 애견 리리와 안장한 묘는 평화한 모습이었다. 장순 대신 가비가 에이코를 따라 하나코의 3일장 묘제墓祭에 갔다. 단정한 가비를 보고 아들 가즈오를 연상한 에이코는 침묵하고 한없이 먼 곳을 바라볼 뿐이었다.

에이코는 우아한 시어머니가 12년을 살아온 집 울타리의 키 큰 해바라기와 키를 대보곤 하던 가즈오가 눈에 어려 살며시 눈을 감는다. 가비는 돌아가시기 전, 가즈오 할머니의 야윈 얼굴 표정이 떠올라 슬픔을 삼키었다. 조용히 대화를 나누고 작별 인사를 했던 할머니가 다음날 사망했다는 사실을 아무리 생각해도, 가비는 믿어지지가 않았다. 할머니는 눈을 감은 채 영영 말을 할 수가 없게 되었다. 죽은 사람이니까. 그날 밤, 가비는 무서운 것을 피하여 숨듯이 이불을 머리끝까지 쓰고 흠뻑 잠에 빠져 어지러운 꿈을 밤새도록 꾸었다.

장순은 아기를 가비에게 업혀주고 혼자가 된 에이코를 방문하였다. 핼쑥해진 에이코는 친밀한 조선 친구에게 벚꽃 차를 내왔다. 두 여자는 표정으로 말하듯 생각 깊은 얼굴이었다.

"하나코 어머니는 금년 해바라기꽃 씨를 받지 못하고 떠나셨어요. 왜 그렇게 서두르셨는지 모르겠어요. 길을 가다가 소낙비를 만나도 뛰지 않는 분이었는데요…?"

유아乳兒 때, 어머니를 여윈 에이코는 눈물짓고 가비는 칭얼대는 아기를 엄마에게 내려주었다. 불현듯 가비는 가경이 생각난다. 반일파 아버지는 징용에서 돌아오지 않고, 친일파 가경의 아버지는 경성에서 데려온 젊은 아내가, 가경을 두고 야반도주한 것을 모르는 채 경성으로 이송되어 갔다. 가비는 이 세상에 대하여 모를 것이 너무 많았다. 가경은 진심의 말을 해줘도 자기 잘못을 깨달을 줄 모르고 골을 내는 동갑내기 사촌이었다. 그런 상대와 무슨 말을 할 것인가. 가비는 잠잠히 생각한다.

구니모토 센세이는 선하고 지혜가 있어도, 온유하고 겸손함에는 상대에 대한 이해와 용서가 내포돼 있어야 한다고 강조하였다. '이해와 용서를…?' 가비는 일본이 전쟁에 패전하기 직전에 조헤이에 간 구니모토 선생님 안부가 궁금하였다. 보고 싶었다. 부디 무사히 자기 나라로 귀국했기를 깊이 묵상하였다. '가즈오야! 너는 나의 여섯 번째 손가락을 감춰주기 위해서 싫다고 해도 손에 땀이 난 여름에도 내 왼쪽 손을 붙잡고 다닌 나와 제일 친한 친구인 일본 아이 가즈오야!'

우리나라 조선이 8·15 해방이 된 날.

그날, 네가 떠나면서 한 말을 나는 언제까지나 기억할 거야. 그러니까, 너도 기억하고 있어야 해. 절대로 잊으면 안 돼. 알았지…!

"가네모토 야스히. 네가 이 세상 어디에 있어도, 나는 너를 꼭 찾아갈 거야. 그러니까 꼭 기다리고 있어야 한다. 꼭 약속한다. 야스히…"

"야마다 가즈오. 나는 너를 만나는 그날까지 기다릴 거야. 꼭 약속한다. 나의 다정한 친구. 가즈오야!"

그 운명의 날, 쫓겨 가는 일본인들을 제물포항으로 실어가는 마지막 기차에서 애타게 부르는 자기 엄마의 손을 놓친 가즈오는 지금 일본에서 어떻게 살고 있을까. 자기 엄마 에이코 없이 단짝 친구 가비도 없는 할머니 집에서. 학교에는 다니고 있겠지…?

일본이 전쟁에 진 것은 아주 잘된 일이지만, 가비는 아버지가 징용에서 돌아오시지 않고 있는 지금, 매일 눈물을 머금고 개학한 학교엘 간다. 가즈오와 같이 가던 돌담 친 채소밭 길을 야단맞은 아이처럼 고개 숙인 채 혼자 가는 가비는 너무나도 쓸쓸하다. 가비는 아버지가 밀짚모자로 얼굴을 가리고 짧은 낮잠을 자기도 하고 만년필로 수첩에 무언갈 적기도 하는 너럭바위에 앉았다. 운동화를 벗어놓고 울창한 숲을 휘둘러 바라보았다.

　구니모토 선생님이 떠나는 날. 차고 있던 시계를 끌러주고 원하는 〈빨간 머리 앤〉 같은 훌륭한 작가가 되라고 머리를 쓰다듬어 주고 떠났다. 그와의 마지막 날, 작은 카메라로 전나무 산에서 사진을 찍어 준 구니모토 선생님에게 용기 있게 꿈을 솔직하게 고백하였다. 그날의 생각이 어린이 용기 영화의 한 장면처럼 가비 마음에 새겨져 있었다.

제4부

오카상, 오카상

오후가 되자 눈발이 보이기 시작하였다.

풀풀 날리는 눈을 본 철부지 동생과 삽살개 하양이가 어우러진 앞마당은 신명 난 놀이마당이었다. 기쁨이 넘치는 어린 동생의 외침 소리에 섞여 갑자기 이상한 말소리가 섞여 들렸다. 서슴없이 대청마루 앞까지 들어온 동네 아저씨 몇 사람은 아무도 없는 마루 앞에서 싸우는 소리를 내었다.

"이보시오! 아기엄마! 우리가 지난달부터 설봉산 문둥이 소굴까지 그 악독한 일본 순사 놈을 샅샅이 뒤지고 다니지 않았소? 그 일본 순사 놈과 비슷한 건 쥐새끼 한 마리도 못 보았소. 그래서 이제부터는 장호원, 백암, 용인, 여주까지 그 조선 사람 사냥꾼 일본 순사 놈을 찾으러 갈 작정이오. 그러니까 점심값과 차비를 좀 보태시오. 이 집은 우리가 빼앗긴 아들딸보다 몇 배나 더 귀한 남편을 징용에 뺏기지 않았소…? 그 공부 많이 한 유식한 병든 남편 말이오? 원통하니까 같이 찾아봐야 하지 않겠소…?"

불청객들은 저마다 빚 받으러 온 자들처럼 떠들어 대었다. 난데없이 이게 무슨 불손하고 부당한 요구인가…?

당황한 장순은 공부하다가 놀란 가비를 응원을 구하듯 쳐다보았다. 나이 많은 노인이 협박조로 나섰다. 결론은 이 무례한 사람들이 요구하는 것은 결국 돈이었다. 시댁이 거부인데, 악독한 일본 경찰 찾으러 다니는 동네 사람들의 비용을 보태달라는 요구였다. 이번이 두 번째였다. 첫 번째는 멋모르고 장순이 돈을 주었다. 하지만 그 소리를 들으신 노마님은 극구 반대였다.

그 잔악한 일본 순사 놈이 어디서 죽었는지, 깊은 산속으로 숨었는지 모를 판국에, 무슨 얼빠진 돈 요구냐고 역정을 내셨다. 마지막 일본인들을 싣고 가는 제물포 행 기차에 이시가와가 가족들과 타지 않은 것은 분명하였다. 그래도 그가 이 고장에 있을 거라고 찾아다니는 것은 얼마나 어리석은 생각인가. 역시 할머니는 현명하신 분이었다. 이 고장에 그가 있을 거라고 찾아다니는 동네 아저씨들은 반에서 공부 못하는 뒷줄 애들 같다는 생각에 가비는 속으로 픽 웃었다.

겨울을 손짓하는 풍성한 눈이 밤까지 내렸다. 넓은 마당은 안개 낀 호수 같은 운무 빛이었다. 사기 갓을 씌운 벚꽃 나무의 알전등 불빛을 받고 눈꽃을 달고 있는 사철나무 담의 소묘는 몽환의 이미지를 자아내었다. 가비는 우산을 받고 집안을 돌아보는 엄마를 따라다니었다. 지난겨울엔 아버지가 하시던 일이었다.

부엌의 큰 항아리엔 펌프 물을 한가득 길어다 채웠고, 새 짚으로 이엉을 한 부엌 옆 광에 묻은 김장독도 문제없고 튼튼하였다. 그 옆 지하실에 간수해 놓은 겨울 부식 항아리엔 한 포기씩 아버지가 매일 보던 신문지로 싼 국거리 배추와 무가 넉넉하였다. 중간 항아리엔 새 짚으로 덮은 옥수수랑 고구마 감자가 그득하였다. 다른 항아리엔 사과와 배랑 감이 쟁여있었다. 해마다 겨울 부식을 챙기는 건, 꼼꼼하고 손끝 매운 아버지 몫이었다. 하지만 금년 겨울엔 장순이 할 수밖에 없는 눈물겨운 일이었다.

'이, 눈보라 속에 혹여 아버지가 쓰러지지는 않았을까…? 생명만

은, 어디에 있어도 부디 아버지의 건강과 생명을 보호해 주세요. 예수님에게 딸 가비가 기도합니다.'

눈보라 치는 강풍에 양철 챙은 난타하는 소리를 내고 방들의 문풍지는 초상집에서 나는 소리처럼 웽웽거리었다. 마루의 분합문이 계속 덜커덩거리는 소리에 가비는 책상에 눈 감은 얼굴을 묻고 있었다.

'아버지. 우리 아버지는…?'

아버지 생각을 할 때마다 눈물이 나곤 하였다. 이제는 울지 않겠다고 가비는 마음을 굳게 다졌다. 아버지 생각을 하며 눈물을 흘리면 아버지에게 나쁜 일이 생길 것 같은 예감이 들었던 것이다. 가비는 이불을 머리까지 끌어올리었고, 장순은 오늘 같은 날씨에도 대문을 잠그지 않는다. 해방 초기에 아버지 방의 유성기를 도둑맞은 적이 있어도, 그냥 철대문의 쪽문은 한 귀퉁이가 깨진 맷돌로 지쳐놓을 따름이었다. 아버지를 기다리는 가비와 엄마의 뼈저린 기다림이었다.

장순은 습관이 된 혼자 말을 한다.

'내일은 과수원에 가 봐야 하는데…? 지난번에도 황씨가 해놓은 사과 항아리의 분필 금 아래로 사과가 많이 내려갔었는데, 더 손을 타기 전에 사과를 몽땅 가져와야지. 이런 날 지게꾼이나 나왔을 런지…? 이 엄동설한에 먹을 게 떨어진 설봉산 문둥이가 가져가는 거라면, 그냥 두는 것도 음식 동정이 아닐까 싶지만…?

잠이 오지 않아 가비는 벌떡 일어났다. 매일 일기같이 쓰는 편지를 쓰지 못하였다. 봉투에 우표를 붙이고 보낼 수 있는 편지라면 밤을 새워서라도 긴 편지를 쓰지만. 주소 없는 편지 쓰기가 오늘따라 가비는 너무도 마음이 쓸쓸하여 선 듯 만년필을 들지 않았다. 편지대신, 일기장에 그냥 떠오르는 생각을 쓴다.

나는 아무것도 모르는 것 같다. 정녕 아무것도 알지 못하는 두뇌인 것만 같다. 분명하다. 서로 목숨을 겨루며 싸우는 전쟁의 관심도. 제일 친한 친구 금자가 보고 싶어도 찾아가 보지 않는 우정과 그리움도. 아버지가 오시지 않는 불행한 운명에 대해서도…? 생각이 생각의 꼬리를 물고 이어져 가비는 새벽녘까지 잠들지 못하였다.

아침이 밝아오자 소담스럽게 내리던 눈이 그쳤다. 눈 온 다음 날엔 설봉산 문둥이가 빨래하는 날이라는 말이 생각나서 가비는 쿡 웃음이 났다. 바람이 자고 겨울 날씨로는 설봉산 문둥이들이 빨래를 할 만큼 푸근하다는 말이 생각나서 가비는 다시 배시시 웃는다. 장순은 방학이 되어 화성 외가에 가서 살던 둘째 가은에게 숨겨 두었던 눈깔사탕과 부채 과자를 꺼내주고 동생들을 잘 돌보라고 엄하게 타일렀다. 주인이 외출한 날이면 낮잠을 퍼지게 자는 푼수 없는 식모에겐 타이르나 마나이기 때문이다.

특히 장순은 세 살짜리 막내가 윗목에 철망 친 난로 가까이 가지 못하도록 잘 지켜봐야 한다고 키가 가비와 맞먹는 가은에게 단단히 못을 박았다. 가비와 달리 둘째는 덜컹거리는 성격이었다. 자녀가 없는 장순의 이모 집에서 실력이 되면 대학 공부까지 시키고 시집보낼 때까지 양육하겠다고 데려갔다. 감춰둔 눈깔사탕과 부채 과자를 넉넉히 주고 막내가 난로 가까이 가지 못하도록 잘 돌봐야 한다고 장순은 둘째에게 거듭 못을 박고 나왔다.

장순은 남편과 재작년 경성에 갔을 때 화신백화점에서 사다 준 빨간 오바(코트)를 가비에게 입혔다. 손수 빨간 털실로 짠 엄지손가락 하나만 있게 짠 벙어리 장갑과 목도리를 가비 목에 둘러 주었다.

2년 전에 헐렁하던 오바(겨울 코트)가 지금은 맵시 있게 맞을 만치 가비의 키가 컸다. 장순은 유난히 추위 타는 가비에게 오바 속에 손수 짜준 노란 조끼랑 두터운 융 내복을 입은 가비를 데리고 장터로 갔다. 장순은 가비가 유치원에 들어가기 전부터 가비를 데리고 다녔다. 화성의 친정 나들이를 갈 때는 물론이고 일요일 날 예배당에 갈 때도, 닷새장을 보러 갈 때도, 그녀는 늘 어린 맏딸의 손을 잡고 다니었다. 다정한 친구처럼 의지가 되고 사람들이 예쁘다고 칭찬하는 소리가 듣기 좋기 때문이었다. 남편이 돌아오지 않고 있는 지금, 가비만이 속 깊은 위로가 되었다. 큰 동서와는 친언니같이 친근한 사이여도 불행에 처한 장순은 속마음을 시시콜콜 열어 보일 수 없는 고독한 심정이었다.

"엄마가 혼자 갔다 오는 건데. 가비야, 춥지…?"

장순은 가비의 등을 토닥여 주며 말하였다.

"괜찮아 엄마, 나, 정말 안 추워."

엄마의 손을 장갑 낀 손으로 꼭 쥐며 순한 딸은 순한 대답을 한다.

"이 추운 날씨에 감기 잘 드는 널 데리고 나오는 게 아닌데. 엄마가 아버지한테 야단맞을 짓을 했나 보다…"

가비는 엄마의 손을 더 힘주어 잡으며 힘주어 말하였다.

"나, 정말 괜찮아 엄마. 내복 바지 위에 융 바지 입고 큰엄마가 사주신 털 장화 속에 솜버선도 신었는데, 정말 발이 하나도 안 시려, 엄마."

　외로운 엄마의 마음을 토닥이듯 가비는 맑은 소리로 말하였다. 그리고 고개를 잘래잘래 저었다. 가즈오의 일본 그림책에서 본 키 크고 서양 여자같이 눈이 큰 엄마를 올려보았다. 예상했던 장터에 지게꾼은 보이지 않는다. 닷새 장날도 아니고 눈길인 겨울 장터는 을씨년스럽고 휑하였다. 이리저리 찾아보다가 간신히 객주 집 굴뚝 옆에 웅크리고 있는 나이 어린 지게꾼을 가비가 발견하였다. 금자 오빠 금호였다. 다른 소년은 과수원지기 황씨의 아들 재상이었다. 둘은 농구 선수이고 6학년이었다.

　가비는 금호가 자기를 금자의 친구인 걸 알까 봐 얼른 엄마 뒤로 숨었다. 낡은 토끼털 귀 가리개 모자를 쓴 금호와 초록색 털실로 짠 모자를 쓴 재상은 징용에도 끌려가지 않을 소학생이었다. 재상은 두터운 점퍼를 입었으나 금호는 헐렁하고 낡은 밤색의 어른 양복 윗도리에 헝겊을 덧대어 기운 낡은 솜바지는 발목 위로 껑충하였다. 몇 년 사이 바지는 더 낡고 금호의 키는 더 자란 모양이었다.

　장순은 황씨의 아들 재상의 씩씩한 인사를 받고 그리고 그녀는 으르르 떠는 소년 지게꾼이 가비와 같은 반 친구인 금자의 오빠인 걸 모른다.

"이번 토요일 1시부터 농구부 연습하기로 했으니까 나와라. 박찬 지도 선생님이 주금호 너 빠지지 말고 꼭 나오라고 하셨다. 알았지?"

아무 대답 없는 금호의 어깨를 한 번 툭 치고 재상은 엄마에게 정중히 인사하고 갔다.

품삯을 묻는 장순에게 아침을 굶은 금호는 허기진 목소리로 말하였다.

"그냥 아주머니가 주세요."

장순은 안쓰러운 눈길로 닳아서 엄지발가락이 삐져나온 소년 지게꾼의 까만 고무신 발을 내려다보고 한숨을 쉰다. 그리고 말하였다.

"사과 포대가 꽤 될 텐데, 지게로 질 수 있겠니? 원천과수원에서 사거리 약국까지 가져가야 하는데…?"

"잠깐만 기다려 주세요. 아주머니."

배가 고픈 것도 잊은 금호는 국밥집 뒤로 뛰어가서 리어카를 끌고 왔다. 국밥집 아저씨가 지게가 버거운 물건일 적엔 마음대로 리어카를 써도 좋다고 허락받은 작은 리어카였다. 안된 마음을 삼킨 장순은 물었다.

"이게 네 리어카인 거냐…?"

소년 지게꾼은 국밥집 아저씨가 지게로 지기 어려운 짐을 나를 때는 맘대로 쓰라고 허락해 주신 리어카라고, 씩 웃었다. 행색이 허름하고 먹자 못 하고 씻지 못한 얼굴은 야위었으나, 참하고 선한 인상이었다.

"참 고마운 아저씨로구나. 잘 됐다. 사과가 얼마나 남았는지 모르지만, 네가 지게로 나르기에는 어려울 것 같았는데… 마침 잘 됐다. 어서 가자."

사과 도둑

장순은 두루마기 호주머니 속에 털실 장갑 낀 가비의 손을 잡고 어린 리어카꾼과 과수원을 향해 발걸음을 재촉하였다. 가비는 눈길에 발걸음을 조심조심 떼어놓으며 더는 금호가 자기를 알아보는 것 같지 않아서 마음을 놓았다. 자기 동생 금자와 친한 같은 반 친구인 걸 모를뿐더러 자기에게 도통 관심이 없는 것 같아서 가비는 마음이 편했다. 장순의 가지색 세루 두루마기 주머니 속에 장갑 낀 손을 넣고 종종 걸음을 치는 가비의 두 뺨과 코끝은 크리스마스 학예회 날 산타 인형처럼 새빨개졌다.

자기가 학대한 조선 사람들을 피하여 사라진 녹슨 톱처럼 이시가와 순사는 어디로 갔을까…? 제일 친한 금자는 경성으로 갔을까…? 가난하고 난폭한 의붓아버지 집에서 나왔다고 한 금자는 무용학교에 가기 위하여 경성엘 간 걸까…? 보고 싶다. 너무 보고 싶고 만나고 싶었다. 불행한 금자 생각이 날 때면 가비는 자기의 무정한 우정이 후회되어 잠을 설치곤 하였다. 새벽이 올 때까지 울지도 못하며 가여운 금자 생각에 깨어있곤 하였다.

언 눈길을 조심조심 걷는 가비는 빈 리어카를 끌고 배고픔을 견디고 장순을 따라가고 있는 금호 뒤에서 따라가고 있었다. 과수원이 가까워질수록 인적은 없고 언 눈길은 미끄러웠다. 마차 바퀴에 반들반들해진 차도를 피한 갓길은 걸음을 뗄 적마다 빠드득 빠드득 소리를 내었다. 그 소리에 이끌리어 가비는 금호에게 금자에 대해서 묻고 싶었으나, 비쩍 마른 금호가 허리를 굽힌 채, 땅을 보며 걸어가고 있어서 끝내 물어보지 못하였다.

황량한 빈 수수밭을 휘돌자 과수원에 다다랐다. 잎이 떨어진 사과나무들은 추워 보이고 과수원의 하얀 풍경은 교교하고 환상의 세계였다. 신비한 세계에 온 느낌에 가비는 눈 크게 뜨고 심호흡을 하였다. 잎 떨어진 겨울 사과나무 가지마다 매달린 얼음꽃은 흡사 영글기 시작한 목화송이 같았다.

 한 폭의 간결한 수채화를 닮은 겨울 과수원 풍경 속에 가비는 오래도록 서있었다. 박하사탕을 물고 있는 것 같은 가비의 눈은 더 크게 열리었다. 장순이 부를 때까지 가비는 추위도 잊고 겨울 눈꽃 핀 나무들을 바라보며 동화 속에 잠겨있었다. 가비는 먼 겨울 왕국에 온 환상적인 기분에 잠겨 마냥 행복한 기분이었다.

 산새들이 머리 위로 가로질러 날아가는 하늘까지도 새하얀 비단을 쫙 펼쳐놓은 듯, 과수원은 온통 새하얀 동화 나라였다. 집에 가자마자 가비는 스케치북에 하얀 크레파스와 까만 크레파스로 겨울 과수원을 여러 장 그릴 생각에 미소를 머금었다. 겨울 과수원의 새하얀 풍경화를 정성껏 그려서 아버지 오시면 칭찬받고 싶은 생각이었다.

 과수원을 책임진 황씨 부부는 집을 비우고 없었다. 장순을 본 진돌이가 기둥에 매인 목줄이 끊어질 듯 경중경중 뛰어오르고 뱅글뱅글 돈다. 반가워 어쩔 줄 모른다. 진돌이의 검은 머리를 쓰다듬어 준 장순은 빈 밥그릇을 보고 찰찰 혀를 찬다. 부엌으로 가서 밥솥을 열어보았으나 소쿠리에 찐 감자 몇 알이 있을 뿐이었다. 그걸 쪼개어서 밥그릇에 넣어 주자 진돌이는 허겁지겁 먹어 치운다. 하양이의 열 배는 돼 보이는 덩치 큰 진돌이를 가비는 이윽히 바라보았다. 진돌이는 영리하여 매일 밥 주고 보살펴 주지는 않지만 진짜 자기를 좋아하는 장순을 알아보고 기어오르며 사랑을 표현하였다. 새삼 감격한 가비가 얼어붙은 물그릇에 새물을 갈아주었다. 더 줄 것이 없어 안쓰러운 가비는 엄마를 따라서 사과를 저장한 지하실로 갔다.

장순은 지난번 왔을 때 표시한 금이 사뭇 내려갔다고 얼굴을 찌푸렸다. 금이 두 뼘쯤 내려가 있었다. 도대체 어떻게 된 노릇인가. 주변머리라곤 손톱만큼도 없는 여주댁이 딸네 집에 갈 때 집어냈다고는 생각할 수가 없다. 그녀는 바보로 여길 만큼 정직한 아둔패기였다. 나들이라곤 여주에 사는 딸네 집뿐이고, 갈 적마다 사과 몇 개 복숭아 몇 알도 그냥 손을 댄 적은 없다. 귀찮을 만큼 허락을 받는 고지식쟁이였다.

올 때마다 사과 항아리에 축 나는 게, 아까운 것 보다 손을 타는 사람이 있다는 것이 장순은 무섭고 두려웠다. 장순이 사과 몇 개를 주자, 허기진 금호는 돌아서서 진돌이가 감자 먹어 치우듯 단박에 먹었다. 가난한 금자 오누이의 생각을 하며 가비의 마음은 조이고 아렸다. 여름방학 때까지 금자가 학교에 오지 않았어도 가비는 금자에게 가볼 생각을 못하였다. 그만큼 8월은 아버지의 징용 문제에 몰입했던 것이다. 집안 환경이 너무 다른 친구지만 가비는 꾸밈없고 솔직한 금자가 좋았다. 조용한 성품이 마음에 들고 성적이 상위권이고 외모가 단정하여 그냥 친근감 드는 친구였다.

금자 엄마가 아기 낳고 먹은 상한 돼지고기 독이 퍼져서 사망하여 금자 남매는 고아가 되었다. 비쩍 마른 금호를 보는 가비 마음은 보고 싶은 금자 생각이 나서 하늘을 올려다보았다. 지금 가비는 금자가 보고 싶다. 금호가 끙끙 힘쓰며 사과 푸대를 리어카에 싣자, 장순은 말하였다.

"사거리 대학 약방으로 가져다주게. 우리 집 찾기보다 번화가에 있는 약방 가기가 수월할 테니, 그리로 가져다주게."

소년 지게꾼 힘을 덜어주기 위해 배려한 장순은 품삯을 후히 주었다. 그리고 따로 양회 포대에 사과를 넉넉히 담아주었다.

"눈길 얼어붙은 날 고생이구먼. 조심조심 천천히 가게."

선한 눈매로 공손히 절한 금호는 끙하고 된소리를 내며 사과 리어카를 끌었다. 낡은 고무신 발로 언 과수원을 나가는 금호 모습에 금자 얼굴이 어려와 가비 눈에 눈물이 핑 돌았다.

한동안 동정 어린 마음으로 금호의 가여운 뒷모습을 바라본 가비는 금자가 결단코 어디론가 갔는지 집에 있는지, 굳세게 각오하던 경성으로 갔는지. 가비는 한동안 무심했던 금자 집에 가볼 생각을 하였다. 보고 싶다. 허약하고 참한 금자는 이 추운 겨울을 그 낡은 판잣집에서 어떻게 지내고 있을까…? 허기진 배를 헌 누더기 이불때기를 덮고 불기 없는 판잣집에서 강추위에 감기를 앓고 있지는 않을지…?

아버지가 징용에 가신 후에도 금자의 생각을 하지 못한 자기 우정에 가비는 가슴이 떨릴 만큼 후회가 되었다. 8·15 광복이 오고, 개학하여 한글을 배우는 데도 금자는 학교엘 오지 않았다. 금자 생각을 하며 가비는 자기 우정에 후회가 되어 마음이 뜨끔뜨끔하다. 작년 여름 설봉산으로 송충이 잡으러 간 날이었다. 엄마가 싸준 주먹밥을 먹고 있던 금자가 벌떡 일어나서 심각하게 말하였다.

"가비야. 우리 제일 큰 전나무에다 맹세하자."

가비는 금자의 생뚱한 말이 의아할 수밖에 없었다.

"나는 경성에 가서 식모살이를 해서라도, 꼭 무용학교에 다닐 거야! 나는 꼭 유명한 무용가가 되고, 부자가 될 거야. 가비야! 두고 봐. 난 꼭 그렇게 되고 말 거니까!"

금자는 주먹을 부르쥐고 의연히 말하였다. 금자의 가정환경을 모르는 새로 부임한 일본 무용 선생님이 키 크고 마른 체형은 무용가의 몸매라고 금자를 칭찬하였다. 그 말을 마음에 새긴 금자의 희망이 꼭 이루어지기를 가비는 진심으로 바랐다. 의붓아버지는 금자 남매에게 밥을 굶기고 손찌검을 가하는 술주정뱅이였다. 금자 남매는 도움을 청할 친척도 없는 가련한 처지였다. 금자생각에 가비는 눈물이 핑 돌았다.

'과수원에 사과 도둑이 계속 들다니…?' 아까운 생각에 앞서 장순은 무서운 생각에 겁이 덜컥 난다. 과수원지기네 집을 돌아보는 장순에게 가비가 새된 소리를 질렀다. 부엌 뒤 굴뚝 부근에 사람의 신발 자국이 패여 있는 것을 발견한 것이다. 그 발자국이 사과광 앞으로 이어져 있고 산 쪽으로 이어져 있었다.

무섬증을 깨문 채 장순은 헛간에서 눈 치우는 넉가래를 꺼내어 발자국을 따라 한발씩 앞으로 밀고 나갔다. 신발 자국을 끝까지 따라가 볼 작정이었다. 앞으로 얼마 나가지 않았을 때였다. 신발 자국이 과수원 뒷산 쪽으로 길게 패어있는 걸 발견하고, 장순은 가비를 향해 비명을 질렀다.

"가비야! 가비야아…!"

참 이상도 하다. 사과 도둑은 먹을 게 떨어진 설봉산 문둥이가 아닌 것 같았다. 발자국이 설봉산과 반대 방향인 동쪽으로 이어져 있다. 이 엄동설한에 도대체 누구란 말인가…? 하필 이런 날. 황씨 내외가 집을 비운 걸 보면, 개밥그릇으로 보아 하루 묵은 오늘쯤은 올 요량으로 간 게 분명하다고 장순은 생각한다. 해지기 전에 와야 할 텐데…? 아무튼 장순은 발자국이 있는 데까지 가보자고 가비와 자기에게 용기를 돋았다. 인기척에 까치 몇 마리가 푸드득 전나무의 눈을 털어내며 산 위쪽으로 날아갔다.

가비가 고개를 젖히고 새들이 날아간 쪽 하늘을 바라보며 생각에 잠겼다. 아버지가 악착같은 이시가와를 피하여 이 산굴에서 한여름을 보낸 생각에 가비는 눈을 깜박이며 추운 하늘을 바라보았다. 까치밥으로 매달린 연시감 색이 된 뺨으로 가비는 경사진 언덕배기로 올라가기 시작하였다. 바람은 더 차갑고 눈 위에 난 발자국은 위쪽으로 이어져 있었다. 눈길을 내며 넉가래를 밀고 온 장순은 병약한 남편이 숨어 있던 땅굴 앞에 잠깐 동안 넋 놓고 서 있었다.

정신을 차린 장순을 따라 가비도 공포감을 털고 땅굴 주위를 둘러보았다. 발자국이 산 위쪽으로 난 곳이 더는 없었다. 바로 발자국의 종착지는, 이시가와를 피해 지난여름 아버지가 숨어 있던 땅굴 앞이었다. 땅굴을 향해서 멈춘 발자국이 있을 뿐, 앞으로 간 자국이 없었다.

쫓기는 도적이거나 설봉산에서 추위와 배고픔을 피해 내려온 문둥이가 이 땅굴 속에 있는 걸까…? 장순은 의문이 든 깊은 숨을 내쉬었다. 먹을 게 떨어진 설봉산 문둥이가 분명하다는 생각이 들었다. 장터거리 뒷골목의 춥고 허기진 노숙자가 이, 먼 과수원 뒷산 땅굴을 알 리 없고 왔을 리는 더더욱 없을 테니까.

씩씩해 뵈는 겉보기보다 겁 많은 장순에게 가비가 말하였다.

"엄마! 사과를 훔쳐갔어도 그건 식량이 없어서 밥 못 먹은 사람이 분명하니까, 그렇게 나쁜 것도 아니라고 생각해요. 오늘 사과를 다 실어냈으니까 더는 도둑맞을 것도 없고. 으응 엄마…? 추워. 고만 가요!"

"그래. 네 말이 맞다. 기온이 더 차갑다. 너 감기 들라 어서 가자."

역시 똑똑한 딸이었다. 무서운 생각에만 사로잡혔던 장순은 어서 내려가자고 몸을 돌렸다. 그때였다. 나뭇가지를 스치며 산을 넘어가는 바람 소리에 섞여 우우… 욱. 우우… 욱하는 짐승 소리에 그녀는 기겁을 하였다. 경악한 장순은 딸을 끌어안은 채 소금기둥이 되고 말았다.

마지막 이름

"아휴 가비야! 대체 저게 무슨 소리냐…?"

우우우 욱… 우우우 욱….

꾸륵… 꾸륵… 꾸르륵… 꾸르륵…

공포에 질린 모녀는 너까래를 버리고 산을 내려가려고 몇 발을 떼었을 때였다.

푸우욱 푹 푹. 푸우… 욱욱…

계속 들리는 괴성은 분명. 아버지가 숨어 있던 굴 속에서 들렸다. 확실하였다. 어찌할 바를 몰라 장순은 가비와 과수원지기네 집으로 도망을 치기 시작하였다. 가비는 흡사 맹수에게 쫓기며 달아나는 어미 사슴을 따라가는 새끼 사슴의 모양새였다. 가비를 보며 장순은 순사를 불러와야겠다고 떨리는 목소리로 말하였다.

과수원 책임자가 없어 직접 순사를 부르러 갈 수밖에 없는 그들 모녀가 과수원을 나갈 때였다. 마침 과수원으로 들어오는 여주댁을 만났다. 반가움에 겨운 장순은 수더분한 여주댁의 장갑 낀 손을 덥석 잡고 다급한 소리로 물었다.

"황씨는요? 왜 여주댁 혼자 와요?"

"그 양반은 소피 보구 본다구 했어유. 저기 오네유."

장순은 미안해하는 황씨에게 손사래를 치고 그를 끌고 땅굴로 갔다. 굴 앞에 다다르자 우우욱…… 꾸르륵거리는 짐승의 괴성이 들렸다.

끄르응 끄응… 끄르릉 응… 푸푹 푸우욱… 푹……

숨이 끊어질 것 같은 극심한 단말마적인 괴성은 계속 들렸다. 황씨가 주인의 질린 얼굴을 보고 두루마기를 벗어 마누라에게 주고는 상대의 샅바를 잡은 씨름 선수처럼 벌떡 용기를 내었다. 땅굴을 덮은 나뭇가지와 가마니때기를 휙 들춰내었다. 그리고 땅굴 속을 향해 냅다 벼락 치는 소리를 질렀다.

"거기 누구냐? 어엉? 그 속에 있는 게 누구냐…?"
땅굴 속을 향해 계속 황씨가 소리를 질러대었다.
"거기 누구냐? 어 엉? 누구냐?"
온 힘을 다하여 황씨가 윽박지르는 소리를 계속 지르는 바로 그 때였다. 다시 고통을 토해내는 짐승의 괴성이 들렸다.
끄르르으… 응. 꿍. 끄르르으 응 끄르릉… 푸우 푹…
"병든 짐승인 것 같네유…"
황씨가 굵은 소나무 가지로 땅굴을 힘껏 탕, 탕, 치기 시작하였다. 역시 굴속에서 간헐적으로 끙끙거리고 꾸르륵거리는 괴성이 들렸다가 끊기기를 계속할 따름이었다. 사람의 말소리 같은 건 없었다. 단말마적인 고통을 내지르는 짐승의 소리가 분명했다. 안주인의 표정을 읽고 자기 직책을 깨달은 황씨가 미간에 내천川 자를 긋고는 소나무 가지를 무기 삼아 땅굴 속으로 몸을 넣었다. 목숨 걸고 전장으로 나가는 신병처럼 용기백배하여 굴속으로 들어간 황씨는 대뜸 시궁창 썩는 냄새에 코를 싸쥐었다.
"어이 쿠 냄새야. 이게 뭐가 썩는 냄새인가…?"
여차하면 내리치려고 소나무 가지를 높이 쳐든 황씨는 외마디 소리를 지르고 뒤로 물러서고 말았다. 담배 피우는 라이터 불빛에 비친 것은 넝마를 두르고 있는 분명 사람의 형상이었다. 꼭 해골 같았다. 머리와 수염이 자랄 대로 자라 흡사 일본 활동사진에서 본 귀신 몰골이었다. 괴상한 물체는 계속 숨이 끊어질 듯한 신음소리를 내질렀다. 눈앞에 사람이 있는 것조차 분간 못하는 것 같았다. 몽둥이를 들고 자기를 내려치려고 하는 것조차 분간 못하는 게 분명했다.

 황씨가 외마디 소리를 지른 건, 발치에 사과 껍질이 수북한 걸 본 것이다. 그 사과껍질이 부패하면서 단말마적인 신음을 토해내는 괴물에게서 풍기는 냄새와 섞여 지독한 악취를 뿜었다. 더 놀란 것은 자기 마누라가 쥐도 새도 모르게 없어졌다고 투덜거리던 낡은 주전자와 식칼이 찌그러진 양재기 옆에 보였다. 기가 막힐 노릇이었다.

 으 으. 으… 오 카아 상… 으 으 음… 오카아…… 상. 으 으… 으으음… 음. 오 카 아 상…… 오카 아 상…(어머니……어머니!)

 앓는 짐승이 내지르는 극심한 소리가 다시 간헐적으로 이어졌다. 극한의 고통을 넘어선 신음소리는 끊길 듯 끊길 듯이 계속 이어졌다. 죽을힘을 다하여 최후적인 괴성을 지르는 물체를 황씨가 등에 지고 굴 밖으로 끌어내었다. 숨이 곧장 끊어질 것 같은 물체는 시궁창 냄새를 풍기며 폭풍우 같은 몸부림을 쳤다.
 잠깐 꾸르렁대던 소리가 끊겼다. 바싹 말라 뼈만 남은 몸피로 보아 흉측한 도둑놈은 아닌 것 같고, 병든 문둥이 같지도 않아 보였다. 황씨는 쓰레기 더미에서 꺼낸 것 같은 흉측한 물체를 굴을 덮었던 가마니 바닥에다 내동댕이쳐 부렸다.
 다음 순간, 손수건으로 코를 막고 유심히 내려다보던 장순은 아이쿠! 소릴 치고 한 발 뒤로 물러섰다. 썩은 악취를 풍기는 흉물을 보고 장순은 서 있던 몸이 그 자리에 털퍼덕 주저앉고 말았다. 괴물은 그토록 악랄하던 일본 순사. 이시가와였다. 그놈이 확실하였다. 시신과 진배없는 몰골은 쓰레기 더미 악취가 나고 흉측해서 도저히 바로 볼 수가 없었다. 지독한 냄새 때문에 가까이 서 있을 수도 없이 불결하고 처참한 몰골이 이시가와라니…? 그토록 악독하던 일본 순사라고는 도저히 생각할 수 없는 몰골이었다.
 가비는 나락으로 떨어지는 오열을 토해내는 엄마를 힘주어 끌어안았다. 기어코 환자인 아버지를 이 땅굴에서 끌어내어 수갑을 채운 악독하기 이를 데 없는 그 일본 순사가 가비 눈에도 확실하였다. 심한 기침 끝에 각혈하는 아버지를 산 굴에서 끌어내어 끝내 수갑을 채우고, 기차 앞에 대형 일장기가 펄럭이는 징용 기차에

태워 보내고 만 그 악하기 그지없는 이시가와였다.

　들끓는 분노를 토하는 장순의 입에서 오열惡熱의 핏방울이 주르르 떨어졌다. 분노의 피울음이었다. 비통에 찬 장순은 주먹으로 자기 가슴을 마구 쥐어박는다. 가비는 가슴을 치며 발악하는 장순을 끌어안고 눈을 꽉 감는다. 미친 여자처럼 몸부림을 치던 장순은 바닥에 쓰러지고 말았다.

　오… 오카아… 상,

　오… 오… 카… 아 상(어머니……),

　끊길 듯 끊길 듯이 헐떡이는 소리는 숨이 멈추었다가 다시 간헐적으로 이어지기를 거듭하였다. 참혹하여 소름 끼치는 괴성은 점차 잦아들었다. 하지만 원한에 찬 장순의 오열은 그칠 줄 모르고 가비는 깨물었던 울음이 터지고 말았다.

　가비는 엎어진 채, 죽을힘을 짜내어 오, 카. 상을 부르는 괴성에 눈물을 손등으로 닦는다. 오만상을 찌푸리고 여주댁이 입에 물수건을 대주었으나 허사였다. 물수건에 입을 댔을 뿐, 고개를 떨어트리고 말았다. 끝까지 아버지와 엄마를 괴롭히던 이시가와의 최후가 너무도 흉측하고 참혹하여 눈물을 닦은 가비는 몇 번이나 눈을 감았다가 떴는지 모른다. 가슴이 마구 후들거리고 엄마가 불쌍하여 가비는 장순의 등에 얼굴을 묻고 아버지를 그려 본다.

한동안 숨이 끊겼던 이시가와는 목메인 소리로 헐떡이며 "오…카아 상"하고 부르짖었다.

남은 생을 증명이라도 하듯, 그가 최후로 지른 소리는 그 말 한마디였다.

저주받은 이시가와는 주재소로 순사를 부르러 간 황씨가 돌아오기 전에 간댕간댕하던 호흡이 끊기고 말았다. 그토록 악랄하던 일본 순사의 최후는 가까스로 '어머니'를 부르고 장순 앞에서 고개를 꺾고 말았다.

놀람에 찬 가비는 혼란에 빠졌다. 이시가와가 자기 눈앞에서 죽었다. 죽은 사람을 처음 본 가비는 두 주먹으로 가슴을 미친 듯 패며 울부짖는 장순 등에 얼굴을 묻었다. 그리고 눈을 꽉 감는다. 정녕 눈앞의 이 상황은 무엇일까. 깨문 입술에서 피 흘리는 장순의 팔을 붙잡은 채 가비도 눈물을 그치지 못하였다.

갑자기 엄마가 시체가 떨어트린 낡은 신발 한 짝을 걷어차는 것을 본 가비는 그쳤던 울음이 다시 터졌다. 어떻게 해도 날벼락으로 닥친 이 환란은 어디가 끝일런가…? 그때, 건너편 산에서 뻐꾸기 우는 소리가 들려왔다. 여름 산에서 아버지가 좋아하는 뻐꾸기가 계절을 잊고 몇 번 울고 그치었다. 조류계에도, 모든 동물계에는 이색종은 있을 테니까.

아버지…! 뻐꾸기도 아버지가 보고 싶은가 봐요. 가비는 아버지가 뒷동산 전나무 숲 너럭바위에서 책을 읽다가, 수첩에 뭔갈 적다가 뻐꾸기 소리가 들리면 만년필 뚜껑을 닫고 산 쪽을 보던 아버지가 그리웠다.

'보고 싶은 아버지! 꼭 살아 있어야 해요! 언제 어디서도, 무슨 일이 닥쳐도, 꼭요…!'

하늘에 맹세하듯, 가비는 오늘도 굳센 소망을 다졌다. 하늘 우러러 아버지의 무사 귀가를 기원하였다. 푸르고 울창한 청녹색 전나무 숲 하늘을 줄지어 날아가는 하얀 새들을 가비는 희망 어린 눈으로 오래도록 바라보고 서 있었다.

새내기 조선 순사가 헌 가마니 덮은 이시가와의 시체를 트럭에 실었다. 가비는 악착같이 조선 남자들을 잡으러 다닌 이시가와의 가마니를 노려보았다. 꼼짝하지 못하고 죽은 저 일본 순사는 어디로 가는 걸까…? 가비는 비애에 잠긴 눈으로 산길을 돌아가는 트럭을 응시하였다.

오 카아… 상. 오 카아… 상…(어머니… 어머니… 이…)

그 귀울림이 애타게 아버지를 기다리는 가비의 피빛 영혼을 파고들었다. 가비가 학교에서 돌아오자, 가슴 떨리는 고진의 아저씨의 전보를 받았다. 아기 업은 장순은 동생과 과수원에 가고 없었다.

일본 홋카이도 탄광에서 노동착취를 당하고 있는 잔류 조선 징용자들의 특별취재를 하고 온 고진의 아저씨에게 가비가 아버지 소식을 들은 것은 이시가와가 죽은 다음해였다.

그리고 그 다음해 봄 가비가 초경을 치른 영롱한 5월이었다.

■ 작품 단상

잔잔한 감동과 포용적이고 긍정적인 인간애

홍성암(문학박사, 전 동덕여대 교수)

　김녕희 소설 『천 개의 바늘』은 일제 강점기에 여주 인근의 과수원집을 배경으로 하고 있는데, 초등학교 4학년인 가비와 같은 반 일본인 가즈오의 우정을 기조로 하면서 두 집안 간의 갈등을 시대적 상처로 조명한 매우 인상적인 작품이다.
　이 작품은 박경리의 『토지』나 안수길의 『북간도』처럼 가족사연대기의 성격을 띠지만 연대기의 역사적 가치갈등보다는 시대적 환경으로 아름다운 우정을 이어가기 어려운, 보다 소박하면서도 본질적인 상처를 드러내는 것이어서 그 울림이 색다르다. 마치 잘 정리된 클래식 음악을 듣는 것처럼 잔잔한 감동과 포용적이고 긍정적인 인간애를 느끼게 한다. 작가의 시선이 편견 없이 독자에게 잘 전달된 덕분이다.

당대의 전형으로 설정된 조선인 가정은 가비와 그 가족이다. 아버지 김순일은 일본 유학 중 강제 징병을 피해 귀국해서 과수원에 '산굴'을 파고 숨어서 지내고 어머니 장순은 가비를 포함하여 세 자식을 키우며 남편을 보살핀다. 큰아버지는 약사로 약국을 경영하면서 부를 축적하기 위해 친일적 입장에 서기도 한다.

가비의 친구인 가즈오는 부친이 야마다 교장으로 철저한 일본 제국주의 정신에 투철한 자이고, 그 동생은 건강병원장 의사, 막내는 이시가와 순사로 조선인 징집책임자이며 악질적인 인물이다. 어머니는 유치원 원장이다. 할머니도 있다. 이들 또한 일제 강점기 한국에 거주한 전형적인 일본인 상류층이라고 할 수 있다.

사건의 발단은 가비가 징집을 피해 과수원에 산굴을 파고 숨어 지내는 아버지에게 점심밥을 가져가는 길에 일본 순사 이시가와의 검문을 받는 것으로 시작된다. 이시가와는 징병을 피해 숨은 김순일을 체포하기 위해 가비의 뒤를 염탐하다가 책가방을 조사한다는 핑계로 그녀를 불러세운다. 가비는 이시가와를 따돌리고 과수원 산굴에 숨어지내는 아버지에게 점심밥을 전달한다.

이시가와의 감시는 나날이 더 심해지고 마침내 김순일은 체포된다. 폐결핵 3기인 김순일은 잠시도 약을 끊을 수 없는 처지여서 약국을 경영하는 큰아버지의 도움으로 뇌물을 쓰고 잠시 풀려나지만, 전쟁 막바지에 조선인은 모조리 징집하라는 지시에 따라 징병되어 징용 열차를 타고 떠나게 된다.

사건의 급전은 일본 천황의 갑작스러운 항복과 더불어 일어난다. 가즈오의 가족들은 조선인들에게 집단 린치를 당하게 되고 일본으로 급히 떠나는 열차를 타기 위해 도주의 길에 오른다. 그러나 귀국을 거부한 가즈오의 어머니 에이코는 혼자 탈출하여 한국에 남는다. 그런 그녀는 갑작스런 발병으로 사망하고 할머니인 하나코도 사망한다. 그리고 악질 순사인 이시가와는 피신하였다가 과수원의 '산굴'에서 병든 상태로 발견되어 죽어가는데, 이는 일본인들의 쇠퇴를 단적으로 보여준다.

이러한 스토리라인은 매우 간명하지만 아시가와 순사가 가비의 뒤를 쫓는 과정은 매우 긴박하여 독자의 시선을 잠시도 돌리지 못하게 한다. 그리고 B29로 표현되는 전쟁의 상징성과 특히 '센닌바리[千人針]'로 표현되는 징용자 가족들의 인고와 고통은 눈물겨운 장면들이다.

인원 점검을 하는 일본 헌병들은 애국 행진곡을 부르며 따라 부르라고 통솔을 하고 다녔다.
징병자들은 소리 없는 저항의 몸짓으로들 따라 부른다. 마침내 다들 큰 소리로 따라 부르라고 가죽 채찍을 휘두르며 독촉 소리를 뽐내며 구령을 하였다.
징용자들의 군가 소리가 8월의 아침 하늘로 스며들었다. 흡사 눈물 흥건한 장송곡인 양….

남자가 징병에 나가는 집에선 어머니와 아내와 누이들이 팔월 햇볕이 포탄처럼 쏟아지는 거리로, 출전 병사의 정신으로 나간다. 武運長久(무운장구)와 無事歸還(무사귀환)의 소망의 글자를 한 땀씩 빨간 실로 받는 건 여간 고된 일이 아니었다. 한 여자가 두 땀을 떠도 안 된다. 천 사람 정도의 수많은 여자가 반듯이 한 땀씩만을 떠야 한다. 그런 엄한 규칙이었다. 그렇게 조선 남자들은 일본전쟁의 총알받이로 징용에 끌려 천 사람의 여자가 빨간 수실로 한 땀씩 뜬 무운장구 수건을, 전장의 총알도 비켜갈 것이란 염원의 혼이 서린 수건을 머리에 매고 나간다.

그 수건을 "센닌바리[千人鍼]"라 한다. 일제의 여러 수탈과 악행 중에 가장 대표적인 것이 이처럼 조선의 젊은이들을 전장의 총알받이로 강제징집하는 것이다. 작가는 그 현실을 눈으로 본 것처럼 체험한 그대로를 담담히 서술하고 있다. 이 작품의 자전적 서술 태도가 더욱 큰 감동을 자아내게 한다. 이는 다음의 장터 풍경에서도 확인할 수 있다.

> 아기 업은 아낙네들이 목이 휘도록 이고 온 애호박 오이 가지 같은 채소들을 펼쳐놓은 장터는 생존 경쟁터였다. 남편을 징용에 빼앗긴 여자들이 서커스 곡마단 앞에 줄지어 서 있는 풍경을 힐긋힐긋 보며 가비는 재빨리 지나갔다. 해는 점점 뜨겁고 장터는 더 붐비었다. 가비는 무명 수건을 양쪽 귀 아래로 내린 늙수그레한 떡장수 목판을 지나고, 노란 콩가루 묻힌 인절미와 켜켜이 붉은팥을 얹은 무시루떡 앞을 급히 지나쳤다. 또 풀잎 빛깔의 쑥떡 소쿠리 앞을 지나치고 턱밑이 팽팽한 얼굴을 맨드라미처럼 꼬고 있는 젊은 여자 앞을 지나갔다. 콩설기 쟁반에 간절한 눈길을 담고 있는 새댁은 마치 비가悲歌를 웅얼거리고 있는 자태였다.

사실적이고 디테일한 묘사가 작품의 진실성을 배가한다. 그리하여 가비의 입을 통해 드러나는 깨달음의 진실성을 실감하게 한다.

"가즈오. 잊지 말어."
"너는 니혼진(일본인)이야."

"나는 죽어도 조센진(조선인)인 거야!"

깊은 우정에도 불구하고 그들의 힘만으로는 도저히 넘지 못할 분명한 선이 있음을 깨닫는 것은 숙명적인 것이다. 이것은 개인의 문제만이 아니고 국가 간 인종 간의 문제로 확대될 것임을 분명히 하고 있다. 흔히 에피파니[顯現]로 일컬어지는 중요한 깨달음이기도 하다.

이 소설을 읽으면서 작가의 어린 시절 꿈을 생각하게 된다.

뒷동산의 울창한 전나무 숲 너럭바위에서 장래 희망을 말해보라고 진지하게 묻는 구니모토에게 가비는 과수원의 복사 꽃이 연분홍색 비단처럼 좍 펼쳐진 석양 앞에서 고진의 아저씨에게 밝힌 〈희망〉을 그대로 말하였다. 경성 신문사의 여자 기자가 되고 싶고 또 〈빨간 머리 앤〉 같은 책을 쓰고 싶다고 했던 기억에 가비는 아름다운 꿈을 꾼 기분이었다.

아름다운 문장이다. 꾸밈이 없고 간결하며 명료하다. 그 문장 자체만으로도 독자를 즐겁게 한다. 마치 구약성경 『아가』의 한 귀절을 읊조리는 듯한 느낌이다. 작가는 자신의 소망대로 신문사의 여기자가 되었고 작가가 되었다. 특히 『천 개의 바늘』 이 작품은 『빨간머리 앤』에 필적하는 훌륭한 작품임을 믿어 의심하지 않는다. 작가에게 부탁해서 이 작품이 쓰여진 여주와 백암, 용인 등지를 꼭 답사하고 싶은 마음 간절하다.

김녕희 장편소설
천 개의 바늘

인 쇄 | 2025년 8월 11일
발 행 | 2025년 8월 25일

지은이 | 김녕희
펴낸이 | 서정환
펴낸곳 | 수필과비평사

주 소 | 서울특별시 종로구 삼일대로 32길 36, 305호(익선동, 운현신화타워)
전 화 | 02)3675-3885, 010-3231-4002
등 록 | 제300-2013-133호
e-mail | sina321@daum.net, essay321@daum.net

저작권자 ⓒ 2025, 김녕희
이 책의 저작권은 저자에게 있습니다. 서면에 의한 저자의 허락 없이 내용의 일부를 인용하거나 발췌하는 것을 금합니다.
COPYRIGHT ⓒ 2025, Kim Nyeonghui
All rights reserved including the rights of reproduction in whole or in part in any form.
저자와 협의, 인지는 생략합니다.
잘못된 책은 바꿔 드립니다.

ISBN 979-11-5933-604-1 (03810)

값 15,000원